半夏綠庭 植

本書角色皆以植物為名，
許多常見的花草植栽，也
稱卻不知其形，也許你天天見到卻不
知其名。美麗的花草讓人心情愉悅，
快來認識一下文中各植物的本尊吧！

攝影·解說／陳坤燦老師
半夏插畫／雪歌草

半夏
Pinellia ternate

天南星科半夏屬宿根性草本，原產東亞溫帶與亞熱帶。植株有心形或戟形葉，綠色佛燄花序，開口邊緣黑色，整枝花序造型像長槍或煙槍，全株有毒。加工減弱毒性後的塊根是傳統中藥，具有止咳化痰等藥效。半夏名稱是古人觀察這種植物生長在夏季，所以《禮記·月令》寫到仲夏之月時有「鹿角解，蟬始鳴，半夏生，木堇榮。」的物候現象，明朝李時珍解釋說：「五月半夏生，蓋當夏之半也，故名。」至今日本還有「半夏生」這個節日。

花卉達人／陳坤燦老師

出版多本園藝、花卉書籍，致力於園藝教學的陳坤燦老師，也是高人氣部落格「愛花人集合」的經營者。擅長以風趣淺白的解說，搭配豐富美麗的植物近照，記錄他與花草間的點點滴滴。

部落格「愛花人集合」～賞花、學種花的地方 http://i-hua.blogspot.tw/

梔子

Gardenia jasminoides

茜草科梔子屬常綠灌木，原產中國華中、華南各省。因為果實造型像稱為「卮」的古代酒器而得名，黃色的成熟果實可作為藥材與染料，早自漢朝就開始進行經濟栽培。梔子花芳香馥郁，普遍種植作為香花使用，朱自清說梔子花的香味「濃而不烈，清而不淡。」可以作為窨茶的材料。法國知名的時尚品牌Chanel就有一款以梔子花香精為主成份的香水GARDÉNIA暢行於市。梔子原生種由六片白色花瓣組成像風車的造型，園藝種花朵則是像玫瑰般美麗的重瓣。

過手香

Plectranthus amboinicus

脣形科鞘蕊花屬多年生草本植物，原產非洲南部與東部，因為具有藥用價值，普遍種植於全球熱帶與亞熱帶地區。葉片摘到手上時，即刻可以聞到清涼舒適的芳香而得名，又稱「到手香」、「左手香」。對生的厚實葉片上有絨毛，半日照環境下葉片大而薄，陽光下種植則會長成厚而小的葉片。全株富含的精油有消炎鎮痛的效果，民間常用來緩解發炎與消腫。春季從枝端伸出長花序，紫色的小花相當可愛。除了一般綠葉的原種之外，還有葉片邊緣具白色斑紋的鑲邊過手香與全葉具黃綠色斑的斑葉過手香兩種。

卡羅萊納茉莉

Gelsemium sempervirens

馬錢科鉤吻屬的常綠藤本，原產美國南部至中美洲，是美國南卡羅萊那州的州花。因為花香類似茉莉類植物，英文稱為Carolina Jasmine、Yellow Jesmine，中文直譯為卡羅萊納茉莉。植株以嫩莖纏繞攀爬生長，植株生長勢強旺，可作為籬笆欄杆綠化使用。自葉腋開出的黃色喇叭形花朵香味濃，有蜂蜜般的甜美感，花商美其名為「法國香水」。溫帶地區開花期為春季，台灣開花期是秋季。全株具有多種生物鹼而有強烈毒性，千萬不可因為芳香而將花朵作為茶飲使用。花蜜亦有毒性，養蜂場旁不可種植。

彩葉草

Plectranthus scutellarioides

脣形科鞘蕊花屬多年生草本，原產南亞至東南亞。詭奇多變的葉型、葉色是彩葉草最大特徵。天生遺傳很容易變異，造成葉片從像紫蘇葉的基本款，到圓葉、羽葉、缺葉、巨大葉、迷你葉等變化多端的形狀。葉色更是一奇，有如畫家調色盤上駁雜的顏料，在葉片上恣意揮灑。綠、黃、黑、紫、紅、白等顏色，有時像有脈絡可循，有時又像自由發揮的噴灑塗抹，使得觀察每一片葉子都有趣味。彩葉草生長迅速、適應性強，是很好種的植物，只要剪取一端莖葉插在水中，很容易長根成活。

天宮石斛

Dendrobium aphyllum

生根攀附樹上，細長鞭狀的莖下垂生長。翠綠的葉片光滑，在冬季會落葉休眠，春季於去年生莖的節處開花，每節著花1至3朵，一條健壯的莖可以開出近50朵花。花瓣粉紅色，脣瓣奶油色有絨毛，邊緣流蘇狀。天宮石斛因栽培容易且開花性良好，成片種植在春季盛開時，有如粉紅瀑布般夢幻美麗，因此也被稱為瀑布石斛或瀑布蘭。非常適合南向或西向，能夠有充足陽光照射的陽台種植。

白脈孤挺花

Hippeastrum reticulatum var. striatifolium

石蒜科孤挺花屬宿根性草本，原產巴西。地下有拳頭大的球莖，園藝上屬於球根花卉，不過卻沒有明顯的枯葉休眠現象，台灣見到的都是終年常綠的情況。與一般孤挺花最大的差別在於葉片中央有條白色斑紋，讓不開花時的白脈孤挺花也具有觀葉的價值。開花期長，主要在秋至春季，和盛開在春季的一般孤挺花不同。喇叭形的淺粉色的花瓣上，有桃紅色的網狀花紋，整體花容看起來清新怡人。花朵雖然大，卻沒有大而無當、華而不實的感覺，反而是精緻細膩的優雅感受。

多變擬美花

Pseuderanthemum variabile

爵床科擬美花屬的多年生草本，原產澳洲西部熱帶雨林區，大洋洲、東南亞等熱帶地區有歸化，台灣全島亦見野生分佈。莖草質纖細，葉片十字對生。葉面綠色、葉背略帶紫色。葉長約5公分。總狀或圓錐花序自莖端伸出，花長筒狀，花冠5裂，下裂片基部有紫紅色斑點。花白色至淺紫色，造型像白兔。花後易結長蒴果，果實成熟迸裂以散佈種子。因為具自播性且生長適應性強，是具侵犯性的入侵植物，常造成溫室、園圃管理的困擾。

假人參

Talinum paniculatum

又稱土人參，是馬齒莧科土人參屬的一年或多年草本，原產美洲熱帶地區，因為適應性強且繁殖迅速，已繁衍遍及全世界亞熱帶及熱帶地區，台灣也可以在各地的路旁、屋簷、田地、荒埔等環境見到，是生命力超強的野草。全株光滑，有粗壯的主根，因此得「人參」之名。莖、葉略為肉質，嫩葉可以作為野菜食用。圓錐花序，花梗、花苞紅色，花瓣五枚，桃紅色或粉紅色，花徑大約0.5公分。整枝花序看起來有滿天星的質感，略具有觀賞性。

緬梔
Plumeria rubra

夾竹桃科緬梔屬落葉喬木，原產中美洲。枝幹肉質化，富含乳汁，枝呈鹿角狀二或三叉分枝。互生葉片聚集於枝梢。花朵著生近枝端的葉腋，原種花瓣紅色，白色變種則是花瓣白色心部黃色，形似水煮蛋的色彩，因而有「雞蛋花」的別稱。花五瓣形似風車，有紅、白、黃、紫紅、粉紅等豐富花色。台灣北部開花期為夏至秋季，熱帶地區可全年開花。花朵芳香豔麗，是極具熱帶風格的重要花木，常種植於渡假飯店、寺廟、公園及道路，兼具遮蔭、欣賞及芳香等用途。

錦葉葡萄
Cissus discolor

葡萄科粉藤屬多年生蔓性草本，原產東南亞，是葡萄科常綠蔓藤植物。莖纖細，以卷鬚纏繞攀爬，若無攀爬物亦可懸垂生長。手掌大的葉片具絨布質感，葉背紅色，葉面深綠色至褐色與底色有銀色斑紋，相互交織成美麗的圖案，觀賞效果十分顯著。錦葉葡萄適合半日照環境，在夏季全日照有使葉片晒傷之虞，太過於陰暗的地方葉片色彩變淡，且葉片變稀疏、枝條柔弱，觀賞價值會變差。避免於風大的地方種植，因為細嫩的卷鬚易受風吹折，影響生長至鉅。夏季需充足供水，以免薄嫩的葉片乾枯。

翠晃冠
Gymnocalycium anisitsii

仙人掌科裸萼球屬多年生草本，原產巴西、巴拉圭及玻利維亞。莖多肉化成扁球形，直徑8至15公分，高度約10公分，外表綠色、紅褐色至黑褐色有光亮感。莖外表有8條稜，刺座上有5至7枝黃色或棕色刺，長2.5至5公分。春季自近莖端的刺座開花，白色或粉紅色漏斗狀的花徑約4至5公分。花藥淺黃色，近凋謝時花藥轉黑。紅色果實圓柱形像小辣椒，長2.5公分。這是一種普遍的仙人掌，具有生長強健與容易開花的特性。

夏堇
Torenia fournieri

玄參科藍豬耳屬一年生草本，原產中國南部及中南半島。莖容易分枝，使得株型豐盛圓滿。唇形花冠白色，裂片紫色或桃紅色，下裂片中有黃色斑紋，使得花有點像三色堇，又在夏季開花，因此取名為夏堇。枝葉嫩綠，豔紫、天藍、粉紅、嫩黃等花色清新爽朗，很適合夏天欣賞。而且耐溼耐熱，即使在台灣的夏天也能健康的生長開花。仔細觀察他有兩枚雄蕊較長，於花朵初開時花藥黏結，像在牽手一樣，之後花藥會分離就分手了！

裂瓣朱槿

Hibiscus schizopetalus

錦葵科朱槿屬（扶桑屬）常綠灌木，原產東非熱帶地區。株高可達三公尺以上，枝條稍柔軟，常會四散橫向生長。花開於近枝端的葉腋，花朵由細長的花柄掛著下垂，紅色花瓣5枚，有羽狀深裂且向上反卷。花蕊長伸，末端有時會上翹。花朵型態像燈籠，俗稱燈籠扶桑或燈籠花。柔軟的枝垂掛著輕盈的花，常因風吹而顫動，遠看像極了穿火焰裙的小花仙在枝梢蹦蹦跳跳，和風玩著的高來高去的遊戲。枝條扦插容易成活，昔時常成列種植作為綠籬，開花期夏至秋季。

香茅

Cymbopogon nardus

禾本科香茅屬多年生草本，原產亞洲熱帶地區。地下有發達的根莖，葉片狹長如茅草，葉緣有銳利鋸齒。全株含精油，具有類似樟腦的香味。台灣於日據時期引進在苗栗一帶推廣栽培，用以提煉香茅油作為工業原料。香茅油具有驅蟲防蚊的效果，普遍添加於清潔衛生用品。要注意的是香茅不作食用，東南亞普遍食用的是檸檬香茅Cymbopogon citratus，兩種是同屬不同種的姊妹植物。辨別方式是香茅植株基部較紅，檸檬香茅植株會有明顯的檸檬味。

仙客來

Cyclamen persicum

報春花科仙客來屬宿根性草本，原產歐洲、北非及中亞的地中海。原生種有二十幾種，目前園藝品種多為原產中亞至地中海地區的「波斯仙客來」所交配培育的後代，具有開花集中、花色豐富、株形圓滿等特點。仙客來花型特殊色彩豔麗，葉片具有大理石般的紋路，花朵如火焰聚在葉叢上，所以有興旺、興盛的意像。屬名Cyclamen的仙客來音譯名稱也很討喜，用在年節送禮有貴客臨門的吉祥寓意。花瓣翻捲上揚的可愛花形，像極了兔子耳朵，所以也有兔子花的別稱。

文心蘭

Oncidium　'Sharry Baby'

蘭科文心蘭屬多年生草本，分佈中、南美洲，原生種超過三百種，絕大多數是生長在樹上的著生蘭。文心蘭因為有許多種的花具有黃色寬大的唇瓣，型態像穿蓬蓬裙的舞孃，俗稱為跳舞蘭。花朵、花序姿態輕盈優雅，可作為盆花或切花欣賞。大多數文心蘭不具香味，但園藝育種家利用少數具香味的文心蘭原種雜交，培育出具香味的文心蘭。其中最著名的就是花朵具有濃郁香甜氣味的香水文心，因為花朵具有巧克力色澤，因此也稱為巧克力文心。

福祿桐

Polyscias fruticosa

五加科福祿桐屬的常綠喬木，原產東南亞至大洋洲。原生種大約有一百多種，有數種因為葉片美觀而作為觀葉植物，其中最普遍的是裂葉福祿桐。裂葉福祿桐具有健壯的樹幹，綠色的葉片會不斷分裂成細密的羽狀，形成濃密的葉叢，具有很高的觀賞性。樹木本身的生命力強、耐陰性佳，加上「福祿」的名稱具有吉祥寓意，成為最受歡迎的室內觀賞樹木，常作為祝賀開幕、喬遷、就任、高昇時的賀禮。

荷花

Nelumbo nucifera

荷花就是蓮花，是蓮科蓮屬的宿根性草本，原產東亞及南亞。地下有發達的根莖稱為藕，荷葉從藕節處伸出水面，花朵亦高挺出水面開花，白色至紅色的花朵直徑可達二十公分，數十枚粉紅色花瓣能散發清香，花後結蓮蓬，內有多數蓮子。美麗純淨的荷花生長於水中淤泥底，因此有出污泥而不染的美喻。在中國與印度等文化上有重要意義，文人寓以明志。宗教上也常伴與神、佛，象徵純潔、高雅、神聖。荷花全株都有用途，蓮藕、蓮子、蓮花可作食材，荷葉、蓮蓬、蓮蕊是中藥材。

名詞註解／凋萎點

當土壤等介質中的水分含量無法足供植物所需，而使植物發生凋萎現象，即稱為凋萎點。如果將植物移入飽和蒸汽室內仍無法使其恢復生機，就稱為永久凋萎點。植物因為枝葉粗細與葉片厚薄等器官組織的抗旱程度不同，凋萎點有很大的差異。

蝴蝶館 65

半夏玉荷

Seba 蝴蝶 ◎ 著

elegantbooks

目錄

半夏玉荷

之一

「欸？原來妳叫半夏啊？好奇怪的名字。」

「半夏是一種中藥啦，沒常識也要看電視啊！是吧？小夏？妳爸媽是中醫師？還是開中藥行？」

在這個小花店打工三年了，我還是不太會應付人類。尤其是……手指很黑的那種。這兩個在附近銀行上班的小姐，對花店來說是細水長流的重要客戶……但死在她們手底的植物亡靈真是不計其數。

連黃金葛和過手香都能種死，我只能盡量勸她們改買切花，造的孽比較小。

真可憐，明明是那麼喜歡植物的人……但種什麼死什麼是一種無可奈何的天分。幸好她們不生活在得下田的古代，不然餓死指日可待。

「……半夏是一種中藥沒錯……但花既不好看也不好種，塊莖有毒喔！」我趕緊阻止她們的幻想，「今天劍蘭很漂亮，起碼可以開一個禮拜，而且是特別的磚紅色，很美唷。」

她們有點失望，「拜拜花不好看啦。」

「不不，別讓偏見給侷限了。」我趕緊大力推銷，「劍蘭真的很美……現在剛露出顏色才是購買最好的時候唷。妳可以看她一朵朵的開，那種美絕對不輸任何昂貴的進口切花。而且不是傳統的大紅色，很特別呢。價格也很便宜，買了不會後悔的。」

最重要的是，這個禮拜妳們就不會來買……或者說摧殘其他可憐嬌嫩的花了。劍蘭菊花這類供拜拜用的花，因需求所以產量大，特別的強健。

「既然小夏這麼說……就這個吧。」當中個子比較高的林小姐笑著點頭，「小夏推薦的準沒錯。」

「嗯嗯，我也要。」個子比較矮的李小姐也點頭，「小夏建議的花都活得比較久一點。」

最後我附贈了一大把今天修下來的黃金葛，因為她們把那一桶二十支的劍蘭都買下來瓜分了。整理整理，其實還是挺漂亮的。

希望能挺過一個禮拜。

半夏……嗎？

其實，的確有種中藥名字叫作半夏，但並不是我的名字由來。據說我出生時是農曆鬼門開那天。但應該非常炎熱的農曆七月，卻異常寒冷，陰雨綿綿。

家裡發生很多怪事，到我出生那天更加劇烈。最後求助於一個大師，將我取名為「半夏」。

家裡的怪事的確就因此消失了……卻集中到我身上。

能活到這麼大，真是僥倖，或說諸多貴人加持。連我父母都抱持著我隨時會夭折的心情，把我養到二十歲呢。

我是十三歲時知道真相，大受打擊。難怪爸媽對我那麼敷衍縱容，難怪我從小傷病交加，一直都沒什麼平安的時光。

原來從某個角度來說，我是……「供品」。

但說恨他們什麼的……那也沒有。這種事情……誰也沒有辦法吧？普通人怎麼跟未知、甚至看不見的神祕抗衡呢？即使遇到許多貴人，我還是只能勉強把大學的上學期念完，就毫無辦法的休學了。

雖然我也覺得不公平、毫不講理。但我畢竟受著身為「人」的束縛，沒辦法看著自己成為災禍的根源，毫不在乎的看著身邊的人被殃及。

去串門子喝茶了一整個下午的老闆終於心不甘情不願的回來了，我跟他清點賣了哪些花與盆栽，準備點收銀機的錢給他，卻被他馬虎的打發。

「……老闆，要補的切花我整理好了，記得補……不要補太差的，最少你也看一下。還有啊，不要人家塞什麼就收什麼，賣不完啊！……」

「好啦好啦，」老闆挖了挖耳朵，胡亂揮手，「去去去，我也要關門了。」

大概，又趕著去喝酒吧？白天喝茶晚上喝酒……這些中年男人真的是、真的是……令人無言了。

返家時，傍晚五點，正是逢魔時刻。夕陽餘暉處仍是烘熱，但晒不到的地方卻沁出森森涼意。

穿過蜿蜒的巷弄，巷底是切割草莽荒蕪的泥土路，身後卻傳來陣陣足音，拖著腳步。

我站住，身後的足音卻帶著急切的低吼咆哮，蹣跚的接近。

「喂。」我掏出放在口袋裡的梔子花瓣，「有地府文書的我都跟他沒完了，何況你這種想渾水摸魚的？」

雖然很不想轉身，但我還是轉身了。這些抓交替的、貪求軟弱人魂的傢伙，總是爛得宛如恐怖片。即使司空見慣，誰會喜歡看這些腐爛得恐怖的傢伙？

偏偏這是只有我一個人能看到的。

深吸一口氣，吹向掌心有些枯萎的梔子花瓣，人的生氣和梔子花的香氣交融在一起，無聲而響亮的共鳴，像是無數利刃般支解粉碎了那個爛得可怕的傢伙……凡人稱為「厲鬼」的東西。

雖然只是驅趕而不是滅毀，但我還是覺得很累，從骨子裡沁出深深的疲憊。

所以隔壁的惡犬朝著我大吹狗螺時，我沒有賞牠石頭，而是視若無睹的走過去。

在天色一點一點黯淡下去，月亮尚未升起的時刻，我賃居的家，草木瘋長，看起來十足十的像鬼屋……破舊的鐵皮屋，鏽蝕斑斑，像是隨時都會垮下來，掩埋在過多的植物下。

據說頂多長到一百五十公分的梔子樹，非常不科學的起碼有三公尺高，開著無數的白花，香得令人頭暈。

六單瓣的梔子花，其名為「玉荷」。昏暗中，隱隱約約可以看到精魄的身影，有種不妙的感覺在蔓延……

果然。在農曆七月，或其他月份的大凶日。冷淡寡言的白玉荷，會凶暴化成黑玉荷。目露血紅凶光的冒獠牙，正蹲伏在他本體下的陰影處，嘎吱嘎吱的吃著可疑的東西。

我不想知道他在吃啥。

「哦——活著回來了，嗎？」黑玉荷停了嘎吱聲，隔著窗問，語氣很囂張、輕佻。

正在換衣服的我，根本不想回答他。

真不明白，給我最初花枝的那位女神官，沉靜淡漠，就像平常時的白玉荷。被人所種植的植物妖不是應該類其主嗎？為什麼會出現黑玉荷這種凶暴惡劣的性格呢？

「不理我？哼哼哼……」黑玉荷非常沒有禮貌的穿牆而入，拖著……不知道是什麼東西的殘骸。昂首睥睨的居高臨下，「卑賤的小丫頭，沒我庇護妳早死得連墳都沒得有，現在待我如此之傲慢？跪下！趴著領受我的賞賜吧！」

他扔過來的東西，大概是，沒爛乾淨的死人手骨……之類。

「……龍翔雲柱，鳳棲梧桐。天之九重，陰陽混同。司命命之，無敢不從……」我豎起手訣心情不是很愉快的念念有詞。

別問我這是啥意思，我也不懂。這是貴人女神官教我的。

果然黑玉荷啐了一聲，捲起他的「賞賜」，退了出去，心情非常惡劣吧……嘎吱聲更大更故意。

……我這才發現自己衣服換了一半。

為什麼？到底為啥啊……女神官種出來的梔子花會是男性（或說外觀是男性）？

「埋在你根底下就好了，吵吵吵吵些什麼?!」我對著窗外大吼，卻發現讓自己的頭痛更劇烈。

我討厭凶月或凶日。這種時候，總是特別難受。更討厭的是，這類日子的夜晚，總有種類似發燒的倦怠感，洶湧而來。即使在玉荷濃郁的花香屏障裡，還是感覺得到遙遠的、憎恨邪惡的味道。

冤親債主的氣味。

太不合理了。為什麼祖先犯下的罪孽，是由子孫來承擔呢？為什麼這種復仇會是合法的，能夠領著地府文書來催討呢？

催討的對象由冤親債主所定，方式也由他們所選擇。沒有規律，也沒有規範。就算把我弄死了，債務未必就了結了。

這實在太不公平了。

眼睛睜不開，我想我是昏睡過去了，但是難受的感覺越來越強烈。直到……一隻冰冷的手覆在我額頭上，幾聲不懷好意的獰笑。

但空氣乾淨了，我終於真正的，睡了過去。

六點多鐘，我就醒了。漱洗時發現自己有夠憔悴，黑眼圈都冒出來了。令人厭惡的農曆七月。

但我還是起床把所有該澆的花都澆了……有些花的位置淋不到雨水，有些花光雨水不夠，有的花即使地植，這樣的大熱天還是需要飽飲一頓，才能熬過猛烈的豔陽。

事實上，這個鏽跡斑斑、幾乎散架的鐵皮屋，完全是靠蔓性植物纏繞鞏固的。現在當值的植物是，卡羅萊納茉莉，花市名為「法國香水」。

秋季開花，楚楚可憐的小花黃而香，和梔子的香氣非常和諧。但卡羅萊納茉莉卻不是表面上那麼無害……事實上這玩意兒全株劇毒，食用會造成肌肉鬆弛、呼吸衰竭等症狀。

但在玉荷左右，只有卡羅萊納茉莉能活得欣欣向榮，其他植物都繞著玉荷長。

澆到玉荷的本株梔子花時，他冷漠的看著我，一言不發。

天亮了，所以黑玉荷又變成白玉荷嗎？

但這位梔子護法，他馬的有個性。自從扦插成活，開始保護我起，就拒絕命名，說他早有名字，「玉荷」。後來我翻資料，才知道梔子花別名玉荷花。

更有個性的是，一開始我被他的雙重人格嚇個半死，他卻堅持沒有什麼雙重人格，更沒有什麼黑白，只有「玉荷」。

「人有喜怒哀樂，植物有個情緒高低，何足為奇？」他淡漠的回我。

……隨便了。

「妳的臉色比死人還差。」很少開口的白玉荷說。

「還好。」我掂腳採下一朵梔子花，「只是腦袋像是有一千根針在鑽而已。」

他沒有回話，只是飄然上樹，凝視著陽光，神情空白而愉悅。

其實，我還比較喜歡十句回不到三句，懶得理我的白玉荷。

另一個……太想也太愛跟我「互動」了，實在是最難消受美人恩……太令人受不了了。

之二 折枝

「對不起，惡法亦法。」矇矇朧朧、虛幻的男裝麗人浮空，長長的馬尾飄蕩，與濃郁的梔子花香融成一氣，脖頸上拴著的半截鐵鍊輕輕晃著，發出鈴鐺般的微弱聲響，「我幫不了妳。」

痛苦、悲傷和憤怒，像是無數的錐子狠狠地將我的胸膛扎透，痛得連呼吸都不能。

「為什麼……到底是為什麼？」我對著麗人大喊，「什麼惡法？那到底是什麼？我做錯什麼了?!我到底做錯什麼……」

麗人靜靜的看著我，聲音寧靜，還有一絲無奈。「妳沒有錯。有錯的是……妳某一代的祖先吧？沾染了血腥和人命，無辜的冤魂申訴，而地府受理了。這就是所謂的『冤親債主』……」

我無言的聽，越聽越無助。這種毫不講理的復仇，卻是合法的。據說為了逃避這個冤親債主，那個祖先的後代甚至逃來這個小島墾荒，但怨恨累積越來越深的冤親債主，搜尋遍了整個大陸，終究還是渡海而來。

因為生日和名字的緣故，這個復仇鬼將我當成供品，像是貓戲耍老鼠一樣，慢慢捉弄傷害我，程度慢慢的加深，卻不一口氣殺死。

而我，是沒辦法上訴的，甚至無法祈禱。誰也救不了我。

「……我不想死。」眼淚一滴滴的流下來，滲入半頹荒墳前的塵土。

「我，也不希望妳死。」麗人安靜了一會兒，「但曾為執法仙官的我，惡法亦法，真的幫不了妳。妳不可能一輩子躲在這兒……妳會誤入此地已經是意外，這裡並不適合人類生存。妳就算奉獻生命……五年的壽命也只夠暫時驅離那東西。妳的壽命並沒有太多的五年。」

十三歲的時候，我就品嚐到真正絕望的味道。

長久的沉默後，她又開口。「但是，妳若擅自折下梔子花的樹枝，我是無可奈何的。若是折下的樹枝竟然扦插成活，成為妳的護法，這也非我能控制的範圍。至於讓護法不危害妳的咒……也只是我的喃喃自語，妳若背不下來，也只是妳命該如此罷了。」

她說的每一個字，我都記在心裡。甚至我還記得，現在的她，是人斬官護法朱炎。

後來我折下來的樹枝，真的有些孱弱的展葉生根，開出楚楚可憐、尺寸有點小的梔子花。長得很快，不斷換盆，五十公分的時候，玉荷就出現了。等我上大學時，已經比我還高。

只是一直很纖弱，開花幾乎就是凋謝的時候。只能勉強保住我的命，沒辦法保住我的平靜與安全。

最後，我差點被送去療養院，母親當著我的面要將玉荷拔出花盆。我知道，體質比較敏感的母親已經是極限了，但我……真的不想死。我也……不想讓性格不太好的玉荷死。

所以我休學，離家生活。只為了尋找一個地方，讓我能把保護我許久的護法地植。甚至為了分攤他的重擔，種了更多的花，學會運用其他植物之力的方法，不要太消耗我唯一的保護者。

醒過來時，熟悉的花香飄蕩，半個枕頭是溼的。

奇怪了……怎麼會突然夢見以前的事情？

大概是農曆七月的關係。我撫著發著微燒的額，有些無言的想。晨光中，四季桂、紫芳草、月橘……和梔子花的香氣交融……我想到紅樓夢裡的「萬豔同杯」。

想來是這種味道……吧？

誰也不會明白，這杯芬芳，就是我保命的方式。

我知道冤親債主越來越失去耐性……要怪就怪他太想要慢慢折磨我了。等他想取我性命時，雙重性格的玉荷，要不就冷淡的教導，要不就暴虐的反擊。雖然我和玉荷都會受到重創，也讓身邊的人飽受驚嚇，我更被看成神經病……

但我終究還是搶到時間，學會怎麼保住自己的命了。

最後一次真正交手，是我搬來這裡一年，地植的梔子花已經比鐵皮屋還高的時候。

我承認他很有能力，甚至挑了鬼魂最猖獗的時刻——我的生日。但他終究來晚了……地植後的梔子護法已經扎穩了根，邪氣最重的鬼門開，也是黑玉荷最狂暴的時刻。

而我，又種了更多的植物。

雖然那次鬥法枯萎了大半個花園，梔子落盡了葉與花，我也吐血不止，病了好幾個月。但終究是重創了冤親債主，暫時的取得勝利。

可那陰險狡詐的傢伙，到底還是在我身上落下印記。等於將我分享給所有邪魂惡魄。只要能力夠都能合法將我吞滅。

但把我看成只會哭喊救命的小女孩……沒想到連厲鬼這種東西，存在幾百年了，還是非常天真。

雖然骨子裡依舊沁著深深的疲憊感，我還是掙扎著起床。別開玩笑，快七點了……飯可以不吃，花不能不澆。再晚一點，水花噴濺到葉面上，可能會引起葉燒。

因此造成什麼疫病那麻煩可大了。

摘梔子花的時候，玉荷冷淡的看我一眼，一言不發。

「我走了。」臨出門時對他說，但他連看都懶得看，更不用說回應。

其實指望白玉荷答話本身就是個荒謬的笑話。所以我很習慣的走出院門，用鐵鍊鎖起來。

隔壁的惡犬又遠遠的對我吠。那家子出入的人都滿臉橫肉，看起來和聞起來都絕非善類。搬來三年了，偶爾遇到，他們都用種警惕和懷疑的眼神看著我。

鄰居養了很多台灣土狗，就是那種凶得要命還有腰身的那種猛犬，剛搬來的時候差點被咬。

不過，見了太多恐怖的玩意兒，惡犬簡直是太溫柔可愛……朝鼻子抽下去就對了。狗也是會長記性的。

大概因為這戶可疑的惡鄰居，所以擁有這塊地皮和鐵皮屋的爸爸，才會把遠在台中、租不出去的荒蕪破屋借我住。

很難想像吧？大學附近居然有這麼一大塊雜草叢生的荒草地，孤零零的座落兩個破破爛爛的屋子，只隔著一條泥土路。

我倒不怕隔壁的惡鄰居。即使他們曾經意圖進犯我的院子……或者我。畢竟見過、並且打敗過更可怕的玩意兒。而園藝種植物……許多都有毒。

武力往往是最有力的說服利器，這我同意。至少我的鄰居，相信經過多次昏厥腹瀉和食物中毒，也被我完全的說服了。

橋歸橋路歸路。

穿過了荒蕪，沿著大學圍牆，往前走約一百公尺，就是我打工三年的花店。

就是那種很傳統的小花店，賣很多三盆一百的小盆栽，和一棵十元黑軟盒的草花，只有玫瑰菊花劍蘭等等種類不多的切花。

老闆接近不管事，負責批完貨就跑掉了。生意不算很好，薪水當然不多，但要打理的事情可不少。

但我喜歡這裡。

這是我和塵世，唯一相連結的地方……安全的。

雖然常常有些怪客人……但比起我的經歷，其實也不算太奇怪，有些還挺有趣。

有機會的話，我慢慢的，說給你聽。

之三　彩葉蜿蜒的小路

漏水了。

其實我早就知道會漏水……畢竟破爛鏽蝕的屋頂完全靠卡羅萊納茉莉緊密織補的。一直很猖獗的玉荷本株，終於連卡羅萊納茉莉都受不住，枯萎了半邊，於是屋頂有了縫隙，屋外下大雨，屋裡面下小雨。

幸好我的電器很少，筆電又容易收起來。

冒著雨，我察看。梔子本株附近的土地越來越惡化，簡直毫無生氣、貧瘠的驚人。其實土地是否肥沃，很容易感覺得出來。肥沃的土泛著一股清新的泥土芳香，握著就覺得鬆軟、豐腴，飽含水分（和蚯蚓）……如果覺得太抽象，找那落葉積厚的地方拂開，摸摸底下的黑色土壤就能明白了。

但貧瘠的土地就黯淡、死寂。如果還是不明白，找個棄置很久的花盆摸摸裡頭的土，大約也能夠了解。

之前，梔子花的影響範圍大約就是根所及之處，我盡力施肥也就夠了。但這個凶月，黑玉荷越來越凶暴，也讓貧瘠的範圍越來越擴大。連最能耐受的卡羅萊納茉莉都受不了了。

說真話，我不明白。關於玉荷的一切，我幾乎都是摸索出來的。碰上從來沒發生過的事情，我就茫然不知何解。

問白玉荷麼……他覺得跟我性命無關，非常淡然的不甩我。問黑玉荷麼……我嘗試過一次，差點被他宰了。

過度凶暴化的黑玉荷是完全沒有理智的。而這個凶月，他又特別凶惡兼失智。

最後我挖掘了一條壕溝，在裡頭填滿有機肥（就不要問我組成物了……你不會想知道的）。這樣暫時阻止了梔子本株發狂似的侵奪，終於保住了卡羅萊納茉莉的命，和我的屋頂。

但這是個大工程，坦白說。尤其是凶月的時候，我頭痛的非常厲害。而這種重勞動對我來說分外吃力。

可我敢抱怨嗎？我不敢。對一個出生就等於負債好幾億，債主是個窮凶惡極的合法黑社會的倒楣鬼來說，護法再古怪也得感恩，沒他我早掛點了。

還好花店有個常客在中興農學院，有門路弄這些免費的「有機肥」。

本來我還擔憂沒有好好堆肥發酵會不會導致惡臭或什麼……我不太想看到的蟲之類的……沒想到我太天真。

我花了一個假日挖的壕溝和滿滿的「有機肥」，只三天就幾乎粉碎成最貧瘠的土壤。

真的差點昏倒……只是這種狂惡奪取地氣的行為，到初七的時候突然結束了。

原本不知道為什麼……直到黑玉荷狂亂的獵捕突然大增的惡魂厲魄，並且用我所不明白的方式拖出對方的遺骸狂吞海嚼……

我在想，為什麼我會把好好的賞花兼藥用植物，養成某種詭異的「食蟲植物」……這實在是太不科學了。

出門摘梔子花的時候，我都特別小心翼翼。即使白天通常都是白玉荷，但黑玉荷出現的機率越來越高。

雖然不至於真的要了我的命，但會害我遲到，並且增加一些瘀青和擦傷，很不好說明。

這個凶月，還很長。現在不是生理上頭痛了，連心理上都一起頭疼起來。

這天，即使有些懨懨，我還是勉力爬起來澆過花，上班去了。然後我發現，老闆又進了幾盆有刺的植物……麒麟花、仙人掌，還有幾盆迷你玫瑰。

「老闆！」我對著大叔老闆吼，「我早就說過了……」

「啊？說過啥？」他很無賴的掏掏耳朵，「好好看店啊，別偷懶。」然後就跑了。

……我討厭「大叔」這種生物。

早就跟他講過了，不要進有刺的植物。因為這類植物，跟我的感情很差，怎麼骰都是攻擊狀態。

一般的植物，通常是「絕對中立(註)」。也就是說，通常都比較消極，但並非沒有立場。她們的立場就是固守疆域和平衡，因為我照顧她們，為她們澆水施肥，盡量給予她們最適當的日照位置。而這個花店的生意並不是太好，有些植物從三吋盆一路換到美植袋。來來去去的新植物，變成門面的老植物，終究因為照顧，而承認我屬於疆域與平衡的一部分，這就是為什麼我在花店是安全的主因。

雖然，因為身為玉荷的宿主，我莫名的被劃分為「中立邪惡」。但大部分的植物對我還是相當友善的。

只是，有一部分的植物，尤其是有刺的植物，屬於「中立善良」，對我的攻擊性很高。

於是我在搬盆和澆水時，莫名的被扎了幾十下，麒麟花乾脆的倒在手臂上，拉畫出不深但很長的傷口。

……拜託。有種去找玉荷麻煩，不要牽拖到我這個特別無辜的宿主身上好嗎？

我把她們擺在最照得到陽光的花架上，並且決定沒事不去澆水。

看著比被貓狠抓過還慘烈的手臂，我悶悶的去後面沖水上藥，出來時看到在對面藝品店喝茶的老闆，被幾個很眼熟的女孩子圍著說話。

老闆看到我，向我的方向指了指，結果那群女孩回頭，狼狽的鳥獸散了。

這是……？

剛好有客人看中了一盆迷你玫瑰，我苦笑著拿下來給她細看，默默忍受又被刺了幾下。

我很高興她帶走了那盆迷你玫瑰。真的，非常美麗的淡粉色，而且這款迷你玫瑰開花性好，病蟲害又少，和這個表面溫麗內在剛厲的客人相性非常適合，她們會相處得很愉快的……

最重要的是，少了一盆會刺我的植物。

「欸，半夏，」老闆懶洋洋的走過來，「妳也太沒用了吧？只要有刺就會被扎……我就不會。」

我不想跟神經粗兼皮厚肉糙的大叔說話。

「好啦，以後不進了啦。」老闆打了個呵欠，「老歐問妳種在他門口的彩葉草好像沒什麼精神，有空去看看吧。我說啊，妳種的那個還不錯，可以拿來店裡賣啊，妳自己賣自己收錢，我又不會跟妳分……妳來三年有了吧？認識這麼久了，見外啥啊？」

……老闆雖然又懶散又腦筋缺弦，老是爛好人的收太多賣不出去的花。但他的確是個好人。

「我沒跟自己老闆搶生意的興趣。」我淡淡的說，「彩葉草很好種，家裡種到爆滿，修剪下來扔了可惜。這條街……我很喜歡。是大家都很好，才容我寄養。」

是的，就是這樣。從花店到我的住處，幾乎沿途都有我種的彩葉草。寄放在人家的門口或圍牆邊，每季施長效肥，太久沒下雨會一路澆水過去。

這就是我，讓花店到家裡，能夠安全的方法。

由點而面，這些絕對中立，由我所種下的彩葉草，構成了一道領域和平衡，我在當中，幾乎是無法被傷害的。

「老闆你喜歡的話，我也送你一盆好了……不收錢。」我漫應。

結果大叔老闆毫不客氣的獅子大開口，要了一整條街的品種，還非常內行的要了一種日系幾乎絕版的柳葉型。

真想打他。

不過我還是答應了。沒辦法，誰叫我自己嘴殘，沒事跟他講我有那款，愛炫耀活該死好。

下班後，我到對面藝品店看那盆彩葉草。這款也是我很喜歡的，綠葉嫣紅斑點，我都喜歡說是潑油漆。成熟而且日照夠的話，會出現淺黃蕾絲葉邊，非常美麗。

沒什麼大問題，水澆太多了。歐老闆應該也很喜歡吧……只是喜歡花的人總是忍不住會照三餐澆水表示過剩的愛心。這很容易解決，我答應他明天帶些天弓石斛的高芽來，讓他綁在行道樹上，想澆彩葉草的時候，就去澆石斛吧，絕對澆不死。

幾乎是愉快的一天，愉快到我都差點忘記身處凶月。

我……其實很喜歡人類。尤其是，喜歡植物的人類。他們的心靈，很平靜，而且溫柔。

但我實在不應該在太愉快的狀況下，放鬆了警惕。以至於冰冷的呼吸在耳畔時，才覺得我的人生並沒有鬆懈的時候。

「女人……」如塵土般的氣息混著陳舊的血腥味，在耳邊吐出冰霜般的寒氣，「拋棄妳那些無用的掙扎，妳再也不能憐愛妳的花與樹。向妳的殘暴護法說再見，我此時來召喚妳離開……」

我回頭，那張兜帽下的髑髏，距離我的臉不到一尺。所以說，國際化一點好處都沒有。東方的陰差還不會對我怎麼樣，但西洋的死神卻很樂意渾水摸魚。

大概是我不了解的外交豁免權之類的。

「太遲了。」我說。

潔白的手骨舉起大鐮刀，「永遠不遲，親愛的……吾將賜妳永恆的……死亡。」

氣勢萬鈞的揮下……只是被推得後空翻實在不太帥。

反派的死因……往往是話太多。更何況還是個裝文青的傢伙……你不知道不是裝B才挨雷劈，裝文青更是九雷轟頂嗎？

看黑玉荷亢奮到獠牙宛如劍齒虎，我想什麼外交豁免權也救不了這個外國來的死神。

「太遲啦。」我沒好氣的跟玉荷說，早在感到不對我就召喚他了……我知道就他的形態來說，的確動作不會很快，但這也太超過的慢了。「不要搞得太華麗太引人注目了！」

但我猜，他根本聽不見我說什麼，只是狂暴的衝上去。當然，非人都會隱匿，不會讓人類看到……大部分的人類。

可這是個特別的月份，對於微有天賦的人類是個放大感知的時刻。而我並沒有把握看得到的人類心臟血管是健康的。

所以我出劍指，頓地踏步，吹出一口人類的生氣，混著梔子花的芳香……和整條街的彩葉草共鳴。

有幾個呼吸間，或許是一片落葉，或許是搖曳生姿，也可能是拍了人類的褲角或裙襬，暫時的將注意力引開來。

「縛！」我輕斥，虛幻的根抓住了差點逃脫的西方死神，讓玉荷順利的攫取了獵物，用種瘋狂的狂喜，一點一滴的吸乾死神。

西方死神掙扎，對我呼救，然而聲音越來越弱，最後不動了。

可惜呢。我並不是個悲天憫人的好人，所以只是看著。我對於想把我啃得連骨頭都不剩的靈識者缺乏寬恕的精神。

頭好痛，而且累、虛弱。只是幾個呼吸間的事情……我卻覺得兩條腿像是灌滿了鉛，幾乎挪不開步子。

但人的潛力無窮，尤其是亢奮到超乎尋常的黑玉荷跟在身後。我還是看似悠閒的邁步，不讓黑玉荷找到任何心靈的縫隙。

相處這麼多年，我已經能明白朱炎為什麼會說「不被護法危害的方法」。

「拖著那個幹嘛？還不扔了？」我閒聊似的問。黑玉荷已經把死神的所有內在都吸乾了，好吧……我承認，「死亡仍舊會死亡」頗有詩意，但我不想看黑玉荷把那團殘骸帶回我家。

「這是上好的肥料……於本株而言。」黑玉荷的聲音低沉而輕佻，帶著滿滿的惡意，「浪費食物該遭天譴，半夏，我的主人，對嗎？」

坦白說，我真討厭他在我耳邊吹氣。冷，並且使人起雞皮疙瘩。

「隨便你。」

但他在我身後發出毛骨悚然的笑聲。「然後呢？召喚我……可我的祭品呢？」

我還以為他忘了呢。看起來是混不過去了……

這就是我以前老被認為是神經病，並且幾乎被送進療養院的主因。我被玉荷誤導，以為必須用自己的血當祭品。我想沒事就自殘，還把血滴到盆栽裡……怎麼看都像是精神病患。

可我畢竟，和他一起生活了將近十年。

「『誰殺了知更鳥。』」我開始朗誦。

『我，麻雀說，

用我的弓和箭，

我殺了知更鳥。

…………』

其實，我的英文很破，所以這首鵝媽媽歌謠最有名的一首殘酷兒歌，我是用中譯本背誦。至於背誦什麼，其實不重要，我會背這個是因為玉荷最喜歡……這個邪惡的花鬼就是喜歡殘酷的語句。

或許，植物也有聽覺，我猜。可能，非常可能，我的聲音剛好就是在他們最適波長內。只要是有韻律感的聲音，就會感覺到他們在傾聽。

尤其是我種植的植物。

在形形色色，彩葉草構成的街道，統一和諧的屏息靜氣。

雖然是這樣音調平平，毫不出色的朗誦。

走完這條街，我也剛好朗誦完畢。我堅持是幻覺，每次每次，都會看到知更鳥的靈魂飛過天際。

黑玉荷搭著我的肩膀，慢慢的將慘白冰冷的手挪到脖子上，修長的指甲按著我的頸動脈，低沉如地獄發出的細語，「我的主人，半夏，妳是個很好的吟詠者，好到……有些捨不得吃掉妳。」

他聲音的惡意越來越重，花香濃郁到簡直帶著金屬損毀餘味的劇毒感，「妳甜美的恐懼呢？我很久沒嗅聞到令我心蕩神馳的恐懼了……」

我斜眼看他，有些厭倦的。「太遲了。」不耐煩的將他的手拿開，大踏步的往荒蕪中的家走去。

你們，不管是玉荷，還是死神，抑或是什麼非人，通通來得太遲了。我早就把「恐懼」殺死了……說不定把很多情感，一一辦了葬禮。

誰讓你們太喜歡那些軟弱的情感……你們喜歡什麼，我改！

我哪，就是對這種命運太憤怒了，最少最少，我要活滿一甲子，好好的嘲笑這個破爛到炸裂的合法報仇機制。我要嘲笑輕蔑命運，更不會讓那些惡意者得到任何樂趣。

包括你！該死的玉荷。

有機會的話，我想手刃那個不知道死哪去的祖先，可惜據說他已經投胎轉世N百次了。

怒氣沖沖的回到家，真很想破壞些什麼或殺個誰……

夕陽餘暉中，各色的彩葉草沐浴著金光，閃爍著最美的姿態，完全不遜色於任何一種花。

我的心，漸漸平靜下來。

說不定，活著不算是件壞事。托起一片豔麗璀璨的彩葉，我這樣想。

註 「絕對中立」一詞來自世界上第一個商業化的桌遊「龍與地下城」，原文為Dungeons & Dragons，簡稱D&D或DnD。這是一款西洋奇幻風的角色扮演遊戲（TRPG），使用多面體的骰子解決隨機事件，並且依據遊戲中角色、生物等的倫理道德態度，劃分為九大陣營。早期只有守序、混沌與中立三種，後來的進階版又加入善良、中立和邪惡，於是就形成了九大陣營。但二〇〇八年的第四版，又將陣營減至五個。此桌遊亦有版本豐富的衍生電玩，亦曾改編成動畫與電影。

守序善良	中立善良	混亂善良
守序中立	絕對中立	混亂中立
守序邪惡	中立邪惡	混亂邪惡

守序：重視榮譽與尊重社會規則。
混亂：無視榮譽、秩序與社會規則。
中立：不會主動破壞秩序，但也不會積極維護。
善良：尊重生命，樂於幫助他人，甚至願意犧牲自己。
邪惡：沒有同情心，會為了自己的利益不惜傷害、殺死他人。

之四 無聲的誑誕

亂發脾氣果然不是什麼好事。

根本沒什麼……不過是個渾水摸魚的歪果死神，有什麼好生氣的……這不是第一件也不會是最後一件。

看吧，亂發脾氣有什麼好下場……除了讓自己頭更痛，痛到吐，連飯都沒辦法吃，更不要說洗澡。為了不把膽汁都吐出來，我只能倒在床上逃遁到夢裡去。

老天爺這樣玩我，到底還是給我留了丁點慈悲……我幾乎不會做夢，尤其不會做惡夢……呃，應該說，惡夢也是比較級的。

每次夢到比較詭異類似恐怖片的場景，我都會不適當的笑出來。

跟我的經歷比起來，真是夠假的了。也可能是我的想像力很貧瘠……這大概是正解。連做夢都沒有絲毫創意。

真不想睜開眼睛。睜開眼睛一會兒，劇烈的頭痛就如影隨形的撲上來。坦白講，我不怕非人，但我很害怕這種痛……好像腦袋時時刻刻挨著斧頭劈，沒有一刻安寧。

情緒波動太甚，只會讓斧頭變成電鋸，痛得想撞牆。人類的醫學幫不了我……就生理上而言，我健康得過分。反正查不出病因就一定是身心症候群，往精神科送就對了。加上我過往的「病史」，大概得去療養院渡過餘生了……假設還有餘生的話。

去了就出不來啦，在水泥建築物裡，我沒把握活滿一天。

等清醒了點，額頭一片清涼，玉白溫潤的手輕輕覆著，讓我沸騰似的頭痛冷卻，直到足以忍受的程度。

……真奇怪。白玉荷很難得進屋裡，對我接近不聞不問。通常我病痛得快掛點的時候，帶著強烈惡意的黑玉荷會來欣賞我的痛苦，他也會把冰冷的手放在我額頭上，理由只是這麼有趣的生物掛點太可惜了。

「謝謝。」我有點虛的說。

白玉荷起身，鬆垮的穿著某個時代的古裝，露出一點點雪白的胸膛，不綰髻，披頭散髮。踩著木屐的腳玉白。如一般花妖，在鬢邊繁生單瓣的梔子花。

植物妖通常都很美，被人所種植的植物妖更因為植人的想像力更美化數分。我不得不承認，玉荷頗似魏晉遺風的美男子，若生在那時代大概可以跟被看殺的衛玠燒黃紙拜把子……可惜衛玠芳魂不知何去，錯失了這大好機緣。

他冷淡的望著我，像是看著一隻螻蟻，一言不發的穿牆而出。

坦白說，我真的比較喜歡白玉荷……雖然他一直堅持沒有黑或白的區別。只是對我的健康而言，我喜歡一個沉默到簡直鄙視的護法，更遠勝於一個時時刻刻想調教我的護法。

我慢慢的坐起來，還頭抵著膝蓋好一會兒，確定不會天旋地轉了，才小心翼翼的踩在地板上。

脾氣真的要好好控制才行。

六點多，太陽已經迫不及待的散發過度的光與熱，照得人眼花。正在澆水，意外看到裝草裝了兩年多的孤挺居然開了。

實在是太會生小球，所以我直接地植了。又要全日照又怕風，最後是種在牆角，幾乎沒什麼在澆水，都是看天吃飯的，花太多，常常被我忽略，忘記施肥。

結果開得這麼喧譁囂鬧。據說是白肋孤挺……難怪會在夏天開。

一面清除孤挺群的雜草，一面哼著歡樂頌。感覺得到，她們是很開心的。可惜我不會任何樂器……據說植物喜歡莫札特。

雖然被太陽晒得發昏，拔雜草也讓我的手挺痛的。但我的心情，非常美麗。

這樣的好心情一直維持到去花店，老闆又被一群女孩子圍著說話。什麼時候老闆這麼受歡迎了？他雖然和老婆分居，但還沒辦離婚手續，切勿自誤啊……

但那群女孩子看到我，立刻鳥獸散了，跑得無影無蹤。

「現在的女孩子真是莫名其妙，」老闆叼了根煙，搔搔頭，「拜託，咱們這花店哪來的樓梯啊？妳想把人推下樓梯，也得先有樓梯才行啊喂……說風就是雨，這些沒事找事的小鬼。」

「我？」

「嗯啊，說是什麼八卦版看到的……什麼啦，影響生意。」老闆發著牢騷，又去對面藝品店喝茶了。

我幾時做過這種事情，為什麼我……等等。

打開老闆拿來玩麻將遊戲的筆電，我登上PTT，尋找八卦版。以為要找很久……結果居然在爆文找到了。

有個畢業校友神祕兮兮的爆料，說附近花店的女店員是個不穩定炸彈的精神病患，曾經將他推下樓梯過，害他骨折住院了半年……最近經過時，發現那個女店員還在那個花店上班。

推文還滿精彩的，有的直說好可怕，再也不敢去買花了。也有人反唇相譏，說花店小姐人很好，態度很親切……吵得翻天。

什麼啦，沒有骨折好嗎？只是脫臼，兩個禮拜就好了。再說，我只是個學了點保命的小伎倆，沒辦法橫空取物的將三尺之外的人推下樓梯。

但說我完全沒責任……那也不對。當時太年輕了啊，才剛搬來台中不久。冤親債主多少有點弱智，不怎麼明白搭火車的「縮地術」，所以在台北徒勞無功的搜尋，非常憤怒的。

那時的我，多麼年輕天真啊。以為這樣一切都結束了。完全罔顧罕言的白玉荷所言：「一段時間的安寧。」

一切似乎非常美好。我在離家不遠的花店找到工作，大叔老闆不管事，而我可以沉浸在花草植物中，再也沒有恐懼和生命危險。

那是我二十年來笑容最多的時候。

甚至，有個大四的學生，含羞帶怯追求我。生平第一次，我嚐到了戀愛的蜜味。自由與愛情的甜美，真的、真的很難令人忘懷。

所以我忽略了許多事情，包括白玉荷的更加漠然，和黑玉荷形同譏諷嘲笑的行為。

歡樂的時間總是過得特別快，誠然。有回我跟他去看電影，這個羞怯的學長鼓足勇氣握了我的手，輕聲問我要不要當他女朋友。

我……也能擁有正常人的人生，對吧？

我答應了，那個大孩子似的學長，歡呼的拉著我跑下樓梯。直到我發現，我們的距離似乎太遠，我握著的這隻手……沒有溫度。

然後學長在我面前，被那個多出來的「人」，推到樓梯下了。果然只是一小段時間的安寧……如此短暫。

我尖叫，吸引住冤親債主的注意力，距離玉荷太遠了……即使竭力抵抗，拖到玉荷到來，我還是內臟破裂，開始吐血了。

說起來很驚險恐怖，但在人類的學長眼中，我像是個瘋子一樣跑來跑去，跟空氣搏鬥，好幾次撲向他。或許，他有看到一點點吧……但人類就是會歸於幻覺，排除所有「不科學」的所見所聞。

後來的事情我就不怎麼想提了，真想把那段白痴似的哭泣和哀求當作黑歷史。幸好這段黑歷史很短，因為終於找到我的冤親債主和我開戰了。

苦心經營的花園半毀，玉荷重創，梔子本株落盡了花與葉，而我，吐血不止。

但我第一次正面打敗了冤親債主，我想在他養好傷之前是煩不到我的……那會是一段很長的時光。

活著，真不容易，你說是嗎？

怪學長什麼的，那倒也沒有。雖然他拖著脫臼的腿狂叫的逃跑了，還撥了一一〇。但他背後一個清晰的瘀青掌痕，比我的手大太多了。我摀著手帕狂咳，警察還比較同情我，囑咐我一定要去看醫生。

不管願意不願意，甘不甘心，流了多少混著血的淚。我終究割捨了、殺害了，渴望愛情的欲望。

即使是學長，我還是喜歡的。因為他……就是個人類，普通人類。和我這樣一隻腳跨在幽冥裡掙命的人，實在太不搭調了……搞不好他還會送命。

這是我不能接受的。

結果嘛，這位已經出社會的學長，卻在八卦版爆了一筆，和事實距離天差地遠的一筆。

當時果然太年幼無知。

這是什麼心態？我不懂。我既沒有回去尋他，甚至刻意把這段黑歷史隱瞞到我自己幾乎遺忘。

但天天來「朝聖」的人越來越多，而這些朝聖者不買花，造成我很大的困擾。

事實上，我並不太會把自己花園的植物送人。跟邪惡的花鬼生活在同一塊土地，多多少少都有點……唔，不是那麼正常。

可我想要安寧的生活，最少這份工作我並不想丟。

所以我從花園中挖出幾株含苞的白肋孤挺，翻出最漂亮的陶花盆。這是個網路猖獗，個人資料極度沒有保障的時代。所以我很輕易的找到學長任職的公司，請他們的櫃台小姐送給學長。

我想他應該是收到了吧。白肋孤挺很美，不開花也有優雅的線條足以賞葉，一向都在夏秋交際開花。

對於無惡意的人，這就是一盆美麗的白肋孤挺。但對有強烈惡意的人……孤挺花有種魔力，最少我種的孤挺是有魔力的。她會無聲的喋喋不休，挖掘人內心最黑暗卻不肯承認的一面，直到悔改為止。

我猜學長悔改了吧。八卦版的文章刪除了。原本在PTT的帳號，突然沉寂下來。

他應該還養著那盆白肋孤挺吧。因為，很偶然的時候，我感覺得到在城市另一端無聲的歡笑，誑誕而喧囂。

之五　小白兔的生存之道

這個七月還沒過完，我卻快完了。

沒有原因的低燒，咳嗽，輕微吐血。天氣的確很熱，但也沒熱到大半的花園都委靡。現在我早晚要澆兩次水，不然快過凋萎線了。

至於頭痛，那就不用多說了，反正日日如此，程度問題而已。讓我比較煩惱的是，每天滾著內在嚴重倦怠的低燒，我的腳趾卻是冰冷、喪失大半知覺的。

這對生活沒有重大妨害，但我多少還是會擔心……因為以前完全沒有發生過。

不過，我還是每天去上班。待在花店比待在家裡安全多了……玉荷越來越不可理喻，也越來越凶暴化。

我不知道他是怎麼了。現在白玉荷出現的時候越來越少，也越來越寡言。問十句一句都別想他會開尊口，只是用一種俯瞰螻蟻的目光看我一眼……就一眼，然後就吝於施捨任何語言和目光。

黑玉荷……算了吧。不是我有護身咒可以逼退，他又覺得睡著時的我很無趣，我都不敢想像他拿著繩子和藤鞭是想幹嘛。

我寧願熬著虛弱和咳嗽在花店忙。最少這裡的植物大部分都是絕對中立的和平主義者。

「妳肺結核復發喔？」老闆懷疑的看著我，「雖然不會傳染，但身體還是比較要緊啊。妳都做三年多了……請幾天病假我不會扣妳薪水啦。」

我強把甜腥味吞進去，低低的說，「不是。只是感冒……小感冒。」

其實我對冤親債主最大的怨恨就是這個。他們不用吃不用穿，整天飄來飄去只忙著報復當初仇人的後人……真有那麼大的決心當世就了結不好嗎？真的不好嗎?!為什麼「冤有頭債有主」這樣的定律這時候就不靈了呢？

遺禍到我這可憐的子孫……我是人類，我要吃要穿要繳水電瓦斯網路費，還有存一筆錢給我爸好繼續借住。我真的很忙，沒空跟你們玩這種遷怒貳過的報仇劇。

這份工作丟不得，因為我也不會其他的。

三年前那場大戰後，我熬著內出血和劇烈咳嗽來上班，老闆問我的時候，我真不知道怎麼回答他。

所以我含糊的說是不會傳染的毛病，不用擔心。老闆自己腦補成封鎖性肺結核，距離事實偏斜了十萬八千里……但我沒糾正他。

某方面來說，我很感激這個大叔老闆。有幾個人能忍受咳血的員工繼續工作，而不開除她呢？

雖然我也不明白明明沒出什麼大事，為什麼會突然衰弱成這樣。

真可惜。我沒有人可以問，也沒有人能教導我。一路摸索到現在，我還是等於什麼都不知道，只夠能力掙命而已。

「真沒事？」老闆狐疑的看我，「那妳好好看店……花不用每天澆也不會死啦。我去探望老歐和他老婆……真是倒楣，怎麼會兩個都車禍了……老歐開車明明很小心的。」

「……對面藝品店的老闆和老闆娘出車禍？」我太驚訝了，這簡直是不可能的事情。我不是說我會算命知天機之類的，但從出生就被泡在這種詭異裡世界這麼久，多少是有點領悟的。

歐老闆一家是少有的、純淨幸福的好人，沒被任何前世的祖先牽連。是，他們對植物不太了解，手指有點黑。夫妻只生了一個女兒，那女孩的年紀比我小兩個月，有時候也會拌嘴吵架。

但他們洋溢著一種淡淡的、被祝福的光芒，是凡人家庭幸福的典範。或許是神明為了讓痛苦不幸的人們彰示的一種希望：或許家庭不是只有破碎和互相仇視，血緣並不是只有暴力的唯一關係。

總是有幸福的可能。

「傷是不太嚴重……應該啦。」老闆發牢騷，「但是夫妻倆卻昏迷不醒。阿環就是個小孩子，完全嚇壞了……我忘了，妳跟她年紀差不多。但阿環跟妳是沒得比的。」

當然，因為歐老闆的女兒翠環，是泡在幸福的蜜汁裡長大的。但這根本不是錯誤，可以的話我也希望是阿環，而不是早熟冷漠的半夏。

事態發展得很快，開始有一些可疑的人到藝品店吵鬧，藝品店關門。出事到現在才五、六天，翠環已經瘦得走樣了，她有些恍惚的到花店，露出比哭還淒涼的微笑，有些抱歉的請我把彩葉草和蘭花帶回來。

「爸爸媽媽……恐怕會成為植物人。」她沒有掉淚，只是聲音發顫，「我也不知道這些年店是賠錢的，我們一直都在舉債度日……我恐怕得把店賣了。我找好住處了，但是沒有空間種花，我也不太會……」

雖然疲憊而深受病苦，但我卻深刻的感受到翠環的悲慟。平凡而幸福的家庭粉碎得如此措手不及，起因只是一個酒駕的混帳。

「我下班就去看看。」我馬上回答。

結果老闆知道了，馬上把我趕下班……不到中午。

老闆有點笨拙的搓著手，「我跟年輕小孩子不知道要說啥……我這輩子就沒個孩子。能夠的話……安慰安慰她。我說他們一家也是夠倒楣的了，這種時機親戚還來落井下石……」

老闆是挺有正義感的大叔，可惜臉皮太薄。他干涉過那些可疑的人，但是幾句閒言閒語就敗退落荒而逃。

壓抑著疲憊和喉頭的甜腥味，我過街去按門鈴，翠環問了好幾聲才打開側門。

「我只是來搬花。」我勉強笑了笑，「不用麻煩了。」

「不不，請進來坐。」翠環也笑，雖然有著苦澀，但保持著禮貌和友善，「有、有點事想麻煩妳……或者請妳問問李叔叔，什麼地方可以、可以收容樹……雖然是不會開花的雞蛋花，但是……也十來年了。」

藝品店和住家是在一起的。我猜是店面和後棟一起買下來，兩棟間的防火巷就成了迷你院子，洗晾衣服和種些植物。

我說過，他們家的手指都有點黑，也不太具備植物知識。緬梔這種俗稱雞蛋花的喬木，需要的是高日照低水分，在周圍大肆改建的陰影下，能獲得的日照已經不多，而他們又對植物太有愛心……難怪只長葉子不開花。

但這個迷你院子還是很美麗的……或說曾經很美麗。緬梔不開花，滿地的假人蔘開著細密的粉紅小花，和多變擬美花的雪白小花相間雜，很野趣也很豐美……

可惜是「曾經」。

我目及所見，連這些最頑強的小野花都枯死殆半。緬梔是喬木，所以能夠撐一下……但也開始落葉了。

翠環請我進去，然後去泡茶。他們的家低調卻溫暖，幾件古物當擺設，卻只是畫龍點睛而不是誇耀財富，那麼典雅又和諧。

但一種森冷、我很熟悉甚至痛恨的氣息正在侵襲這個家。現在，正虎視眈眈的看著我。

「為什麼？」我冷冷的問。身為祭品的身分，讓我能和這些死不瞑目的混球足以溝通。

「小偷。取走我陪葬的寶物。」森冷的氣息用種尚未全醒的語氣，夢囈般的說。

「頂多就是誤買罷了。」超越所有病痛和疲憊，我的怒氣突然高漲了，「冤有頭債有主，去找盜墓的主兇啊！不要把話說得那麼冠冕堂皇……你只是單純仇視生者而已！更不爽生者擁有你永遠沒有的幸福！」

森冷的氣息用清醒些卻更輕蔑的冷笑回答，「那，又怎麼樣？被獻祭早晚會死於非命的祭品。妳又能怎麼樣？」

沒錯。我不能怎麼樣。聽說歐老闆家好幾代都是古董商，我根本不知道這個無差別攻擊、純粹憎恨生者的孽鬼躲在那一件古董裡。

一勞永逸的方法就是玉石俱焚……真的放火燒了店鋪和住家。

我無能為力。

說不定翠環的決定是最好的吧……或許她在下意識裡知道怎麼做才是最佳解。

跟她談了幾句，承諾幫她遷移那棵緬梔，她陪我走出來，站在院子裡。「我們家的人都不太會種花。」她有些羞怯的笑，「只有這些自己長的小花活得好好的。這個我知道，叫做假人蔘對不對？可這些小白花我就不知道了……」

「多變擬美花。」我喃喃的回答，「擬美花屬的一員。日本人給的園藝名叫做『ホワイト・ラビット』，也就是『White Rabbit』。但我自己喜歡叫她『迷路的小白兔』，繁殖力太強，總是到處迷路。喜歡半日照高溼的環境。」

「迷路的……小白兔？」翠環的平靜出現裂痕，從見面到現在第一回出現欲泣的模樣。但她壓抑，「還滿像我的……」她勉強打住，「我想我搬家的時候……會盡量帶幾棵還沒枯死的走。」

我被擊潰了。徹徹底底被擊潰了。對這樣無辜而美好的家庭出手實在是死者所能造成的、最罪大惡極的暴行。

不要再說那些漂亮的謊言了！什麼冤親債主式的前仇……乾脆的承認吧！就只是單純的忌妒和怨恨生者，想要有個合理不被懲罰的藉口罷了！

完全忘記自己曾經是個活人，完全忘記自己曾有的人生。明明可以回到輪迴，卻死皮賴臉的賴在人間危害，並且用官方的名義漂亮的阻止任何反擊的機會！

「我、我不太舒服。」我蹲下來，用虛弱的聲音說，「可不可以……麻煩妳幫我倒杯水？」

「啊？」翠環完全嚇壞了，「進來坐吧？不，我帶妳去看醫生？」

「我只需要一杯水……真的。」我抬頭勉強對她笑笑，「有黑糖嗎？妳知道的，就、就女生每個月都有的……」

她恍然大悟，「我去弄黑糖水，來裡面坐？」

「我喜歡跟植物在一起。」

她露出諒解和溫柔的笑，「妳真的很適合花店。李叔叔的花店沒妳還真不知道怎麼辦。」

支開了她，我的笑容也跟著褪去。這次我沒再嚥下喉頭的甜腥味，直接咳了出來，染紅了握在掌心、有些枯萎的梔子花瓣。

玉荷隨之出現，令人欣慰的是，不知道是積福之家的壓抑，還是臨鬼門關逼近，來的是白玉荷。

他破天荒的開口，「多管閒事。」

「對這樣溫暖的家出手令人不爽。」我簡單的回答，「非常不爽。」

「『人們』。」他輕哼，非常不屑，卻沒再說什麼。

喂，小白兔，醒醒。兔子逼急了都會咬人……莫非妳們被逼急了，就只能自行枯死？妳們，不愛這個家嗎？

若是我生在這樣的家庭……

要死也是為了這個家死啊！

在玉荷的加持和我的鮮血浸灌下，整個院子刮起強烈的風，所有的小白兔都深深的吸了口氣。

這奇異的景象把端著黑糖水出來的翠環嚇了一大跳，我接過黑糖水，若無其事的喝了一口，沙啞的說，「好大的風。」

「是、是呀。」被風刮過的她有些愣愣的，「奇怪，我怎麼會相信伯伯講的，爸爸欠他那麼多錢？我沒看到借據，爸爸也從來沒提過呀。為什麼……我會想要放棄這個家呢？我怎麼……就輕易放棄了呢？」

我知道沒事了。

一隻兔子可能弱小、只能任憑宰割。但幾隻、幾十隻、幾百隻的兔子團結在一起而前仆後繼，就算是強悍到足以毀滅一個家庭、或無數家庭的孽鬼，也不敵生命的力量。

植物可能反應遲緩，絕對中立。但若匯集在一起而被喚醒，那力量是無可匹敵的。

不要忘了，植物是唯一能夠將光能轉化成養分的生物。

只是需要一點「刺激」來喚醒。

「妳的壽命又縮短了。」白玉荷冷冷的說。

「您今天話真多。」我諷刺的回答，然後劇烈咳嗽。

他用種俯瞰而探究的神情睥睨我，不發一語的消失了。

是的。我因此大病一場……但人的潛能無限，有需要的時候就算咳到吐血了，還是能夠步行去上班，只是照顧花草時，動不動就得歇一歇。

但有些事情總是能超越病痛而使人愉悅的。

像是歐老闆夫婦在醫院清醒，兩三天就像沒事人似的回到家裡，並且和落井下石的長兄中氣十足的破口大罵。

翠環來店裡問我該施什麼肥，欣喜的告訴我小白兔和假人蔘欣欣向榮，連緬梔都有花苞了。

在鬼門關前一日，歐家就恢復原狀，老闆也天天溜去偷懶，像是這場災難從來沒有發生過。

其實我擔心過，連我自己都不太懂的「喚醒」，會不會製造另一個危險的玉荷。

但白玉荷藐視的看著我，淡淡的說，「那些小白兔是群軟弱人類撫養的，園藝種被喚醒都會類其主。」

我迷惑了。

「可你不像我。」

「人類，少捧高自己侮辱我。」白玉荷淡淡的冷笑，「本株也將不能命令我了……

即使我由她所出。妳我的契約的確龐大沉重，以致於原是年輕花鬼的我能凌駕眾生。但妳我的契約也非常不穩定……我第一優先考慮的絕對是自己的存活。」

這是他罕有的超長發言，但只是讓我更迷惑。

可我再怎麼問，他都不願意再開口，只是漠然的注視著陽光。

或許是病痛和日漸侵蝕的疲憊讓我疏忽了，我並沒有仔細思考他話語的真意。

以至於鬼門關的夜晚，成了我人生最重大的危機和轉捩點。

這倒是始料未及的。

之六　反叛的梔子

這一年的鬼門關，是我人生最長的一夜。

之前和之後都發生許多重大危機，但跟這一夜比起來，顯得微不足道。其實在這夜前有許多徵兆，甚至白玉荷也用他的方法警告過我，很可惜我太駑鈍以至於完全沒有戒心。

事實上，這一天，我抱著一種「苦難終於要過去」的慶幸。所以說，經驗法則害死人，我總是在陰曆七月痛苦不堪的陷入莫名病痛中，然後又在陽曆九月留點小餘波……但比起陰曆七月來說，已經是太好了。

這一年剛好陰曆七月疊在陽曆九月，我猜測是因為如此，所以玉荷如此凶暴，我的病痛有新花樣。

但就要過去了。鬼門關過去沒多久，陽曆九月也將結束，然後我會有十個月左右的健康和平靜。

本來應該是這樣。

但這一天，我踏著夕陽餘暉回到家裡的這一天，剛剛換好衣服，我突然覺得沒有空氣。

不，其實我還能呼吸。只是我覺得沒有空氣而已。

好一會兒我才領悟過來，不是沒有空氣，而是我熟悉的、繁複花香交織的「萬豔同杯」的那杯芳香……消失了。

我和植物間沉默而和諧的連結被殘暴的斷絕，在我想要打開門時，發現門像是被焊死了一樣，動也不動。而窗戶雖然能開，但原本的鐵欄杆卻讓我逃生無門。

黯淡的餘暉下，從鐵欄杆切割得破碎的景物中，玉荷微微的發亮，面對著我，露出絕美卻殘酷的笑容，興奮得獠牙暴長。

「玉荷！你搞什麼鬼！」我恐懼的大吼，想要試圖命令他，卻沒辦法再發出言語。

我的聲音，不見了。

「噓，我親愛的女孩。」玉荷輕佻而殘忍的笑，「乖乖待在那兒……我真傻，一個亂七八糟的契約，應該是拿來利用而不是拿來遵守。」

……玉荷，你叛變了？為什麼？

「叛變……？或許吧……從妳的角度來說。」玉荷深深吸氣，空氣中瀰漫著熟悉而濃重的森冷。死氣或屍臭，洶湧的撲向沒有花香屏障的，我的家。

應該說，目標是「祭品」……也就是我。

「我需要營養。我需要蛻變。」玉荷歇斯底里的大笑，面對著無窮無盡想在鬼門關的最後機會，分享「祭品」的死靈大軍面前大笑，「而不是將自己的命運寄託在短命的人類手上！」

在他暴吼時，我也隨之無聲的尖叫。

那是……太可怕的光景。我相信任何一個人類都不想看到這樣的恐怖。我知道玉荷的雙手都有六根指頭，但很自然協調，顯得更優雅修長。

直到這夜我才知道他有六根手指的祕密……在他誘殺死靈亡魂時，整棵梔子的花，都化為六根手指的手，狂暴的伸長、攫取所有的死靈大軍，並且用我不曉得的方法，從虛空中拖出死靈的遺骸，供殘暴的玉荷享用，或者直接吸收。

我閉緊眼睛，摀住耳朵，試圖回憶當初女仙官教我的護身符……但我眼前只有慘白手掌滿天飛舞，耳朵迴響著玉荷高亢而神經質的狂笑。

和突破防線，死靈抓門和從鐵欄杆伸進來，或完整或殘破腐爛的手臂。

我想我要瘋了。

為了避免被恐懼和背叛弄瘋，我像是身處被風暴襲擊的小舟，試圖抓住什麼不讓自己滅頂。

黑玉荷反叛了，對。但白玉荷呢？我相信他對我還是有絲微憐憫，所以才用他的方式警告過我。

但他們為什麼反叛呢？

因為我是個短命的人類。不管是白玉荷還是黑玉荷，都曾經用他們各自的方式吐露過對我的不滿。認為我連他們的本株都不能夠護衛完全。我也明白他們一直在營養不良的狀態，這也是為什麼我會拿自己的血去澆灌植株，差點因此被送進精神病院的主因。

可我拋棄一切，想盡辦法地植了，這樣還不夠嗎？

……在一塊臨時借來的土地上。而我……甚至沒有把握活到六十歲。就算活到六十歲，這塊土地也未必為我所有。

這就是，玉荷如此急躁和背叛的主因嗎？

我煩躁起來，甚至發怒。為什麼他就不能好好跟我溝通？我不喜歡，他不樂意，但我們終究是被契約綁在一起。

難道他不明白我在幾乎被綁送精神病院時，還想盡辦法讓他存活的苦心嗎？我並非不知感恩的人類。

有些時候，怒氣是好的。怒火往往可以燃盡無謂的恐懼，拿回專注和理智。

莫名的，一切都寂靜下來。

殘存的屍臭和薄弱的花香交織，有種令人噁心的微甜感。門還是打不開，窗外的梔子恢復了平靜，只是花繁更盛，幾不見葉。

原本我喜歡的梔子花，現在只讓我想到無數慘白手掌猖獗蔓延的景象，讓我轉開了頭。

漸漸回來的花香和植物的連結，讓我慢慢冷靜下來。試著發音，發現我能說話了。

一切都過去了……對嗎？

不。眾花香中，少了梔子的味道。

玉荷……去哪了？

絕對中立的植物們卻輕輕嘆息，憂慮的低語。統御諸花的梔子，得了靈智和智慧，卻迷失本性。恐怕再也見不到他了……諸神明的判決往往是偏愛人類的。

他做什麼去了？我迷惑的問著難得願意和我溝通的諸植物。

死靈和殘骸不能滿足他。統御諸花的那位，已經陷入殺戮的迷失，開始獵殺生靈。

距離我們最近的生靈……是那戶可疑的鄰居。

我也討厭他們。甚至他們還試圖對我做些什麼不好的事情……只是在我被咀咒的命運中，他們實在顯得太小咖，只得到幾天狂拉肚子和輕微中毒的警告。

但他們還是人類。如諸植物的擔憂，神者無明，他們的邏輯總是很詭異。

像是我該被討債，無視冤親債主的暴行，但會懲罰傷害人類的眾生。

玉荷，是我的責任。所有由我所植下的植物，都是我的責任。

事實上，我除了這些植物，什麼都沒有了。

一向中立的植物群，像是同意了我。靠卡羅萊納茉莉織補的天花板，藤蔓褪去，露出一小眼星空，並且輕輕纏住我的腰，將我從天花板拉出去，再緩緩放在屋外。

然後呢？手無寸鐵的我，又怎麼跟狂暴的玉荷講理？

但恐怕沒有太多的時間讓我思考了，我順手拿了屋外的花剪，就跑向那戶鄰居……

我不想述說我看到什麼。更不想承認趴在地上狂啖死狗內臟的妖物，是我一手培植的玉荷。

在他衝向人類之前，我從背後將花剪刺進他的身體，直到沒柄。

他不會死的。但我知道，他會徹底被我激怒。用力拔出花剪之後，我在自己手腕劃了一道。

很久以前，我就知道對他最好的肥料，不是那些園藝用的花肥，更不是死靈或活物……

而是我的血肉。

這是他媽該死的經驗法則，跌跌撞撞試驗出來的結果。他知道，我也知道。

其實吧，他吃掉我，大概是最省事的辦法。反正這個亂七八糟的契約，我們倆都沒搞懂過。

但他選擇背叛而不是吃掉我。

只是現在……他還有絲毫理智認得我嗎？我想不。

所以我轉身狂奔，誘使他來追我。理論上我應該逃不掉，但是滴滴答答流下來的血跡會遲緩玉荷的行動——他總是停留下來貪婪的吸收所有鮮血。

總算是將他誘離那些人類，我氣喘吁吁並且頭昏腦脹的撲到他的本株。我一定是割到動脈了……相當慘。

可現在不是昏厥的時候。我總得把他的理性喚回來，告訴他我原有的打算。

所以我開始爬上梔子花……我真不知道我怎麼爬得上來。說不定是幻覺……我覺得梔子本株似乎有拉或推我上樹，誰知道？我已經失血過度，說不定要休克了。

踏進自己本株範圍內，玉荷似乎清醒了一點，他露出有些無助和迷惘的神情，抬頭看我。

不錯，是個好的開始。

「玉荷……不管你是哪一個，都聽我說。」我咬了咬舌頭，試圖讓自己清醒些。

「從來就只有我。」他迷迷糊糊的回答，身上沾滿了不明的血跡和污漬。

不要這樣浪費我的清醒！怒火稍微提振了我的精神，「聽著！我從來沒有打算拋下你們不管！我會設法活到你足以幻化成我的模樣……然後你可以取得我的人生。你懂我的意思嗎？」我的意識漸漸淪落，我想我是要休克了。

這也不是第一次休克。我自嘲的想。若這次熬過去沒陣亡，我想也不是最後一次休克。

「聽懂了嗎？我對你的要求就是……你要記得澆花……」我趴在樹幹上喘氣，顫顫的伸出不斷流血的手，血珠不斷的從指尖滴落。

果然最好的肥料，就是我。玉荷貪婪的伸出舌頭，接住每一滴血，一點點都沒有浪費。

你可以把我的屍體埋在根底下。只是真的，記得要澆花。可以的話還是去上班吧。水電瓦斯網路費還是得交，盡量遵守人類的法律。

我真的很想交代完畢，可惜休克早一步征服了我。在墜落的時候，我發現一個可笑的事實。

自己的性命，倒不是很在乎。或許我累了，或許我早知道自己不得好死。但我比較擔心玉荷和我的植物們。

你真的要記得澆花啊。

但我沒頭破血流，玉荷居然接住了我。然後他做了一件比休克還可怕的事情。

他吻了我。一股馥郁到極致的花香流入我的喉嚨……我猜是花蜜吧。

我昏倒了。

醒來時我嘆氣，居然沒死。我不知道該高興還是不高興……

玉荷俯瞰著我，我瞪著他……然後立刻把臉轉到一旁，吐了。

「不管是眾生還是人類而言，妳的舉止都非常缺乏禮貌。」語氣雖然冰冷，但很明顯的，他發怒了。

我啞然。我猜那口花蜜是什麼仙丹良藥還是生命力或內丹之類……好吧我不懂。但的確救了我……傷口癒合，所有的病痛都已遠去，像是一個模糊的惡夢。

被這樣的帥哥親吻應該很高興才對……就算他是一個花鬼。

但我沒辦法忘卻他在吻我之前吃了些啥，這樣我想任何人都能理解我為什麼嘔吐。

「說話！」他揚聲。

「謝謝……嗯……」我奔去洗手間，繼續朝著馬桶吐。

玉荷因此三天不跟我講話。

然後如他所說，沒有白玉荷也沒有黑玉荷，就只有「玉荷」。

他莫名其妙的整合了。保有黑玉荷的惡意和白玉荷的藐視，比以前稍微好溝通……

但沒有比較好相處。

現在我剪短頭髮，剪下來的頭髮一根不差的埋在他的根下面，指甲也是。似乎只要是我的一部分就行了……一根指頭和一把頭髮在他眼中似乎沒有什麼兩樣。

「你為什麼不早點告訴我？」我納悶。

「血的味道比較好。雖然養分差不多。」他冷淡的回答，然後露出惡質的笑，「而且，看妳因此掙扎和猶豫……實在很有趣。」

這是我第一次有砍伐自己種植植物的衝動。

或許還要灌上幾桶濃鹽水，讓他再也長不出來。

之七 混亂之後

桌子上擺著一個很小的茶杯，是我拿來泡功夫茶用的。還是老闆隨手給的……因為他想買新貨，家裡真的擺不下了。

我不挑嘴，有些他喝了覺得不合胃口的茶會隨手塞給我，我在家泡茶往往是為了消磨時光，什麼茶倒不是很介意……但連拿金牌的茶老闆都會嫌棄，我真不知道他舌頭是怎麼嬌生慣養的。

當然，這不是現在的重點。真正的重點是，現在那個小茶杯裡頭盛了大約可以喝一口的花蜜。味道很香，嚐起來很甜，濃郁的梔子芬芳。

可我知道這是誰擺的，和由誰所「生產」，我真的很難不去想「醞釀者」最喜歡的主食，和經由什麼「管道」……

我想任一個正常人類都沒辦法對這杯芳香甜美的「蜜」有絲毫飲用的慾望。

但那位「醞釀者」就攔在門口不給出門，一臉不耐的看著我。「妳在人世間絕對找不到更天然純淨的蜜。妳知道這是我精華的一部分嗎？」

……我求你不要越說越糟糕。雖然我肯定他沒想歪，是我自己邪惡。

「我都好了，」我有些心虛的說，「真的用不著你自損……呃，總之我不需要。」

他用鼻孔看我。即使早已經冷靜得成灰，我還是不得不承認，作為一個花鬼還是啥升級版的異類，他人身時實在非常好看，完全契合人類倒楣透底的審美觀。就算用鼻孔看人，還是挺賞心悅目的。

但我跟他實在相處太久了，對他的無言威壓也早就習慣。雖然說，我不算了解他……但已經是最了解的人了。

他在發怒，考慮要不要行使暴力。

可我沒想到他放鬆下來，輕笑了兩聲。「人類似乎很在意『時間』？」

……說得對。我很焦慮，因為時間快不夠了，花還沒有澆，我今天遲到定了。真的沒空陪他老大乾耗時間。

「出生的時間、上班的時間……死亡的時間。」玉荷的臉冷下來，輕笑越發冰寒，

「妳以為我為什麼自損精華？因為我覺得把妳養在身邊比較划算。妳以為獻髮爪就只是埋些指甲頭髮？」

他的語氣轉譏諷，「妳那麼執著於『活』的人類，每天小心翼翼的審視自己，難道……」

「知道了。」火速打斷他，我端起小茶杯，什麼都不想就嚥下，然後把他推開，趕緊去澆花。

那天我小跑步才勉強沒遲到。

我真的知道。在我用血澆灌他之前，我就隱隱約約有感覺，到現在改用頭髮和指甲，那種感覺更確定了。

難怪咒術都喜歡拿仇敵的頭髮或指甲，煉刀劍的大宗師也會自斷爪髮。與某些法術起共鳴時，這種儀式視同「獻身」，不再是單純的頭髮和指甲，而是一部分的靈魂被拿走了。

我會感到疲憊、虛弱、發冷，頭痛與日俱增。玉荷很無謂的坦承，這個陰七月我會歷經這麼大的痛苦，是因為亟需營養的他，乾脆的在我入睡時吸我的生氣。

然後？然後他不知道發什麼神經，乾脆在陰七月來了一次大狩獵，營養足夠了，他升級了。

更莫名其妙兼心血來潮的，決定把我這個「花肥」養起來長期供應，走細水長流路線。

非常純粹的利己主義。

有什麼辦法？我靠人家過活。有種就自己出去和那些死傢伙（真正的死人）拚輸贏，可惜我沒種，更沒半點本事和人爭雄……

很多事情就只能忍了。

「不是這個！」美麗的客人大發嬌嗔，「梔子花！半夏妳不知道什麼是梔子花嗎?!」

我揉了揉太陽穴，「這是重瓣梔子，妳看多漂亮，白玫瑰似的，而且又好養。還有個好聽的名字叫做『玉堂春』。」

「我不要！」客人繼續盧，「我要六瓣的，六個花瓣就好！我種很多玫瑰了！為什麼要種假的？」

想到六瓣的梔子花……漫天六指手掌猖獗囂狂的影像又在我眼前晃動。我摀住嘴，命令自己絕對不能吐。

雖然我一直都告訴自己要冷靜，大抵上看起來好像也很冷靜。但現在我都低頭澆花，完全迴避看到玉荷的本株，甚至避免看到別的梔子花……反正玉荷升級了，沒有媒介也能召喚。

後來是老闆應下來幫她訂花，「怎麼？除了有刺的，現在連梔子花都會咬妳喔？」

我立刻衝去裡面的洗手間吐。老闆這個疑問真的太雷太可怕了，連想像都是比死者還恐怖的事情。

好的不靈壞的靈，老闆的烏鴉嘴真是「頂港有名聲，下港有出名」。天氣開始涼爽的十月天，玉荷把注意力擺在我身上。

我承認，一個花美男（他真的是花）輕飄飄的壓在身上，用曖昧的姿勢抓著手腕，專注而帶著絲微惡意的朝妳笑……任何一個剛睡醒、無防備的正常女人都會怦然心動。

我又不是出家人，當然還有七情六欲。

不過只有幾秒的時間，怦然心動就變成警鈴大作，響徹雲霄。

「……滾。」我從牙縫擠出一個字。

「這是妳的渴望，不是嗎？」他微偏著頭，似笑非笑的反問。

一直擔心的事情終於爆發，反而寧定下來。原來最折磨人的不是「麻煩」，而是憂慮「麻煩」到來前的那段煩惱。

我冷笑，「十六歲年少無知的時候，我都沒跌火坑，現在都成年可以投票選總統了，我活倒退了還跌你這火坑？玉荷，你是不是整合的時候整出神經病？」

趁他惱怒疏神的時候，我厲聲，「龍翔雲柱，鳳棲梧桐。天之九重，陰陽混同。司命命之，無敢不從！」硬生生把他逼出屋外。

老套。

連說的話都差不多，玉荷就算升級了，還是沒什麼進步。

……說不定，是我長大、蒼老了。遙想當年……其實也才幾年前，我剛上高中那會兒，剛現形不久的玉荷，真的讓我驚豔兼竊喜……好像言情小說的情節，來拯救我、只屬於我的梔子花王子。

而且還雙重性格呢，多有魅力啊……

見鬼吧。你以為寫小說啊？

我很快就知道白玉荷只把我當下等生物，黑玉荷總是用低語誘惑和折磨我。青春期的女孩子，剛脫離了孩童，開始會憧憬一些有的沒有的，但又是害羞到極點，死也不敢承認。

那時候差點被黑玉荷洗腦成功。我懷疑他有近距離讀心功能，不是很全面，但能讀到一些重點。

差點就相信我就是那麼淫蕩下賤，一切都是我的錯什麼的，信花哥得永生之類……

我只能說，命運對我還是有一點點憐憫的。那時啥都不懂，真的差一步就成了黑玉荷的玩偶。

那時他初萌成形未久，還是花鬼狀態，對世事也不是太了解，這點真的救到我了。

因為他在我面前，活生生吸乾了一隻來找碴的孽鬼，然後從虛空中拖出遺骸，吃了一個津津有味。

第一次見到的震撼力真的百分之百不騙你，我嚇昏了。之後就徹底清醒，完完全全明白朱炎為什麼要教我「不讓護法危害妳」的護身符。

護法，不是我的朋友。他甚至、絕對會傷害我。我對他有責任，他對我有義務，這已經是最好的狀況。

後來磕磕碰碰，彼此都很不爽對方。隨著時日演進，白玉荷越來越冷淡寡言，黑玉荷越來越狂躁渴求血肉。我把他看成兩個人，雖然他總是告訴我從來只有一個。

但我們身邊有太多威脅，逼我們不得不團結一點，好一段時光，玉荷會對我發脾氣，但已經不把目標放在我身上了。

現在我知道轉移他注意力的是什麼──升級。

但升級完又故態復萌……我真不知道他在想啥。

難怪我都不養食蟲植物。那種混亂中立的植物我搞不懂他們，玉荷已經進化到將本株跨入那群混亂中了。

之後他沒有再嘗試，只是用一種審度的眼神，睥睨的打量我。

「其實，掌控住妳比較好。」他說。

我頹下肩膀，看著這個徹底利己的植物花精（他自己說升級成花精了），「你真的整合到弄壞了腦細胞……」是說，他有腦細胞這種東西嗎？

「你想偏也走偏了。你好像忘記了，為什麼我會請你當護法。」我鬆開花剪，甩了甩手，花園太大，光修剪就是個大工程。「你覺得，憑我們兩人之力，能夠徹底滅毀那個冤親債主嗎？」

他不言。神情是我沒見過的挫敗和隱怒。

我聳肩，並沒有探究。「他和那些來找點甜頭的龐雜鬼妖不同，真正領有官方文書，甚至寄養一魄在地府裡。」

所以冤親債主很難從現世中殺滅，再大創傷都能夠捲土重來。或許有人可以滅了他……但絕對不是一個接近無知的凡人，和事實上年紀十歲左右的花鬼（呃，現在是花精）能夠聯手滅掉的。

「因此，我沒有其他的路可以走。更不可能跟你拆夥，或是做出危及你本株的事情……除非我想自殺。」

我沒再繼續囉唆，實在我非常累，花園卻只修整了一半。

明天再繼續好了。

能夠有明天，真是太幸福的事情。

深深吸了一口修枝過後，微微帶著青澀草香味兒的空氣，我進屋子裡洗手，珍惜少有的安心與寧靜。

之八

現在很少被有刺……或說中立善良的植物攻擊了。

他們對我通常抱著一種戒備、壓抑的態度，不信任但不得不屈從。

有些時候，我會覺得很無奈。龍與地下城早就改版，不走九宮格路線了，但我所處的現實，卻還是非常復古的九宮格。

我不太明白為什麼……或許是因為玉荷逼我喝的蜜？還是因為我背後的老大升級更不好惹？我完全茫然無知，並且挫敗。真希望……我真的希望有個老師或前輩能解答我的疑惑，而不是瞎子摸象的獨自摸索，完全倚賴不靠譜的經驗法則。

不是說我能跟植物交談……應該比較類似無言的溝通。但我終究是個人類，跟植物的邏輯天差地遠，往往會摸不著頭緒。

是的，植物也有情感，也有生死觀。但和動物甚至人類大不相同。她們對「死亡」

的概念非常廣義，只要有播下種子或族群沒有毀滅，就能夠心平氣和的面對，所以不大了解我這樣汲汲於無用知識和生命的執念。

她們願意對我友善，容許我為她們修枝，是因為在有限培土中，這樣的行為能讓她們活得舒服些。雖然植物群不理解我為何如此做，還是回報相當的善意。

這也是我比人類還喜歡植物的主因。她們絕對中立，但對付出善意的任何生靈，都願意納入她們的領域，為之庇護。

所以我才更不喜歡那些中立善良的植物對我抱著不得不屈從的態度，感覺真的很差。

但植物就是植物，是保住我的平靜和安寧的生靈。我怎麼對待絕對中立的那群，就怎麼對待中立善良的這群。

漸漸的，這些態度嚴厲的植物也軟化下來，默許我為她們修枝或澆水，有幾棵死不開花的迷你玫瑰，開始展現美麗的嬌容，開得璀璨輝煌。

被買走的時候，有時候我還會覺得感傷。

這樣的傳統小花店客源通常很固定，不是學生就是附近的上班族，還有幾個固定買花去拜拜的阿姨婆婆。

但我沒想到這個「客人」的造訪。

看到他時，我呆了大約有十秒，他也一臉沉默的尷尬。

「……哥。」我低低的喊。

「嗯。」西裝筆挺的大哥應了聲，「本來只是碰碰運氣……我聽老媽說你在大學附近的花店打工。」他解釋似的說，「我來台中出差。」

有客人上門了，我請他到裡面坐坐，招呼來買花的客人。

是的，我有一個哥哥和一個姊姊……但其實我們不怎麼熟。

我的出生算是一個意外……我的哥哥和姊姊都上高中了，媽媽從來沒想過會再懷孕。他們待我不算不好，只是年齡巨大的隔閡和忙碌的生活，他們跟我實在不親。

後來他們上了大學後都離家住校，偶爾回家看到我都有點無措的困擾。

我不太清楚媽媽跟他們抱怨過什麼……只是越來越疏離，甚至相對無言，以至於形同陌路。

猜不透他為什麼會來，我沒有給家裡再製造任何麻煩了……搬到台中以後，我沒回去過，獨自對抗命運，也沒把災難引回家裡。

但我很快就把這點疑惑拋開，專心的跟客人討論。她對總是種不出花的花園感到單調，詢問了環境之後，我推薦她一吊盆的錦葉葡萄。她的陽台在高樓圍繞處，日照太稀少了，而苦苣苔科的植物又嬌貴，她這樣一個剛入門的植物愛好者太容易感到挫敗。

錦葉葡萄雖然不開花，葉子的紋路和色澤，絕對不遜於任何一種花卉。最重要的是，耐陰，好種，不容易死。

果然，她一見傾心，很爽快的付了鈔票，高高興興的抱著那一大盆錦葉葡萄回家了。

「看起來，妳還滿喜歡這份工作的。」哥哥在我背後說。

「嗯。」面對他們，我反而無話可說，我想他也是吧？我可以跟陌生的客人侃侃而談，對自己的親人，只能相對兩無言。

我不欠他們什麼，他們也不欠我什麼。

但我終究不是之前驚慌失措並且絕望的小女生，我在自己的領域內，並且稍微社會化了。所以我也學會客套和問候。

「爸媽都還好吧？」

哥哥苦笑了一下，「還不是老樣子。」他沉默半晌，「老爸最近……有點不順。」他深深吸了口氣，「或許，他會找妳……我和秀娟都不理他，他或許會以我或妳姊的名義……」他又安靜了好一會兒，「總之，我想要讓妳知道，那不是妳姊和我的想法。」

本來我不懂。我已經離家了，如媽媽所願，離開她的視線，並且帶走所有災殃，這也是爸爸默許的不是嗎……？

我突然想到一個可能性。

「爸爸想處置……我現在借住的地方？」我有點迷惘，「他找好建商了？」

這當然不是好消息。但提早知道我還能抓緊時機趕緊找地方搬家。只是要怎麼無損幫玉荷移株才是最大的難題……更不要忘了我那一整個遼闊的花園。

「那塊地沒有建商敢接的。」哥哥的語氣冷漠下來，甚至有些憤慨，「他只是炒股票炒到賠錢，賭性堅強的想翻本而已……幸好不動產都是老媽的名字，我和妳姊都拒絕填他的無底洞。」

那他找我有什麼用？我只是個小花店的店員。

「他最近可能會找妳回家。」哥哥的聲音有一絲疲倦，「然後……軟硬兼施的向妳挖錢。我只是想讓妳知道……我和妳姊從來、從來不覺得妳住在那裡有什麼不對，妳明顯比在家愉快多了……這樣很好。我會盡量說服老爸，妳絕對不要傻傻的應了下來……不管他說什麼。」

我有一種，說不出來的滋味。

是的，我必須承認，不管自我開解的多豁達，事實上我對家人的冷眼旁觀一直有種深刻的憤怒。我知道不該恨他們，畢竟他們也只是凡人。但我的痛苦是那麼深、那麼深，所謂的親人卻只是有血緣的陌生人，冷漠的看著我掙扎，有時候還會落井下石。

但現在，陌生人似的哥哥，卻開著車在大學附近亂逛，設法找到音訊全無的我。

恨很容易，但這種善意卻讓我不知所措。

「妳聽明白了嗎？」哥哥露出一些不安，「妳姊去年嫁了……我真沒想到老媽居然跟妳說一聲都沒有，明明她有妳的手機號碼。我、我們……」

「我明白了。」我低低的說，「謝謝你，哥、哥哥。」

他稍微放鬆了些，露出一個真正的笑，雖然有些僵硬不自然，他還是勸我重回學校，有些不好意思的表示關心。

其實我早該知道，身為長子的哥哥，一直背負著父母過多的期待。他一直很忙，醫學院的課業很繁重，成為醫生本來就不是一條平順的金光大道，相反的充滿荊棘和疲憊。

和年紀差太多的妹妹，他不知道如何相處，甚至不知道怎麼對那些異常表示關心。

其實我應該知道的。

我只是憤世嫉俗，忽視許多善意，而把惡意擴大演繹。

所以我頓足，藉助花店所有植物的力量，暫時的轉移他的注意力，用一片香茅葉為刀刃，支解了隱藏在他影子裡的鬼魅……或說鬼魅的碎片。

原本我想冷眼旁觀的。

是。我本來是想默不作聲，讓他們嚐嚐我曾經有過的痛苦。冤親債主動不了我，大概是遷怒吧……雖然我已經被奉獻成祭品，但不要忘記我的血親們也是他可以合法報復的對象。

真是討厭。哥哥為什麼要來到我面前，為什麼要展現我根本不奢求的友愛。

我果然還是個人類，心腸軟弱的人類。

很明顯的，哥哥有些哭笑不得兼摸不著頭緒，因為我硬塞給他兩盆仙人掌翠晃冠，還託他將當中一盆送給姊姊。

「我不懂這個！」他扶額，「嗐，小夏，不要逼我殘害植物好不好？」

「一兩個禮拜澆一次水，放在照得到陽光的地方……我相信一定有這樣的角落。」我很堅持，「不用費太多心的。不要種在室內……仙人掌可以擋輻射只是謠傳。」

最重要的是，這些中立善良的植物，是我的花園所種出來的分芽，深染過玉荷的氣息。太大咖的沒辦法，但像這類鬼魅碎片，卻很難過她們這關。

雖然苦笑，哥哥還是無奈的帶回那兩盆滿滿是刺的翠晃冠。照他尊重生命的個性，應該不會丟垃圾桶而是小心照顧。

「一點溫情就能收買妳？」玉荷在我身後冷笑，「容我提醒妳，這是個棘手的大麻煩……致命傳染病似的大麻煩。不要怪我沒有盡到護法的責任……我已地植，沒辦法跟著妳北上去賣命。」

我知道的。玉荷即使已經升級，但他活動的範圍還是很小……頂多到這個城市的範圍。

「我懂。」我漫應，「你才十歲，我不會怪一個兒童的。」反正你把自我存續很不植物的視為第一考量，護法什麼的，完全看你高興才決定執不執行。

明明我沒把後面那段腹誹說出口，他卻因為我說他「十歲」大怒，潑灑了一大堆枯葉和梔子花瓣憤然而去了。

作為一個大他十四歲的成年人，我決定以後不再刺激他弱小纖細的心靈……因為被枯葉和花瓣覆蓋的花店，看起來不但很超現實，打掃起來也夠嗆的。

之後，爸爸果然打電話來，說媽媽很久沒看到我，希望我回家一趟。

這個藉口真的超爛的。

我決定離家的時候，媽媽的如釋重負和慶幸，宛如實質可以觸摸得到。若是以前的我，可能會斷然拒絕吧……

但現在，不知道是什麼緣故，我有自衛的本事了，不再純粹倚賴玉荷。以前種植物只是為了分擔玉荷的重擔，但玉荷升級之後，莫名其妙的，我能和植物溝通，並且被默許使用她們部分的能力。

說不定，在我被玉荷強迫喝下那些精華的時候，植物默認了我也能統御諸花？

誰知道。

抱著一盆夏堇去搭高鐵是有點神經……但夏堇不是寵物，所以也沒人能趕我下車。以前被騷擾得竟日不安的雜鬼，在植物的生命力之下，也就一堆雜碎而已。

我平安的抵達台北，幸好帶了盆夏堇……這水泥叢林對我而言，空氣真的太稀薄。

就是。玉荷說得沒錯。一點點溫情就能讓我賣命……我真是個便宜的人。

但血緣……就是這麼不講理。嘴裡再恨，再怎麼想看他們品嚐我曾有的痛苦，知道他們被冤親債主遷怒了，還是回來想辦法消弭。

誰讓我只是個軟弱的人類。

只是回到名義上的家，爸爸一開口，我就想轉身回去。遷移玉荷的本株和滿園的花可能很麻煩，但不會讓我產生「憤怒」這種不良情緒。

我爸想要漲「借住費」，一個月兩萬。我一個月的薪水，只有兩萬六。

「那可不是妳的！」爸爸聲音很大，「那該是妳哥哥姊姊的產業！白給妳住這麼久了，妳哥哥姊姊可是會說話的……」

原來如此。難怪哥哥會去找我撇清，爸爸一定覺得這很理所當然，說不定也對他們吼過了。

這個屋子充滿了腐朽的味道，我很熟悉又痛恨的味道。

冤親債主的味道。

但我知道實體不在這裡，只是虛影、碎片，卻可以啃噬人心的貪婪和惡念，慢慢壯大，回饋到重創的實體，加速復原速度。

我勉強定了定神，不讓憤怒和失望主宰，「爸爸，我沒有那麼多錢。我每個月的薪水……」

爸爸的臉泛出一種奇異的光芒，像是等我的回答很久了，「所以，妳買下來吧。我也不是那麼不通情理的。妳可以貸款啊！首次購屋貸款的優惠……妳有吧？也不要多，一口價，五百萬。我有認識的代書，妳只要簽名蓋章就可以了！頭期款可以先欠著，以後慢慢還……不然我找個互助會給妳跟也是可以的。」

……我還是回台中好了，並且馬上搬家。

並不是，不是對「家」這種單位還有什麼期待，只是我不知道會失望到這種地步。如果我不是他的女兒，我會覺得這價格合理，只是我買不起。

但我是他的女兒。

他不是沒有錢，只是沒有足夠的錢去炒股票翻本。

「一百萬。」背後傳來冷冷的聲音，「我跟阿娟談過了，那塊土地和破房子，頂多值這個價。」

哥哥踱進來，我看到他的手微微顫抖，握緊了拳頭。

「我還沒死！」爸爸大吼，「那是『我的』產業，輪不到你們這些小鬼說話！」

「那是爺爺的產業。」哥哥冷酷的說，「爺爺臨終前囑咐過，要分給我們倆……那時候小夏還沒出生。不要再拿我跟阿娟當擋箭牌了！」

他們兩個大吵一架。從頭到尾，媽媽都沒露面。

但我的憤怒和失望，卻漸漸撫平，甚至有些想哭。

最後哥哥吵贏了。爸爸可以拿到一百萬現金，但是代書和銀行，哥哥要全權處理。面露疲倦的哥哥拍了拍我的肩膀，帶我去房間……然後對著空空蕩蕩的房間啞然。

我不意外。全家最不歡迎我的就是比較敏感的媽媽，我的存在給她許多不好的回憶。

哥哥默默的去他房間搬了底被和毯子，又去廚房灌了一壺熱水瓶。

「哥……你不用忙。」我期期艾艾的阻止他。

他只是搖搖頭，想說什麼，卻還是沒說出口。只勉強笑笑，「我只記得……妳很愛花。結果回家還捧著一盆花啊。」

「這是夏堇，一年生。但很會自播，種一棵幾乎年年都有。」

他笑了起來，「談到植物，妳的臉都亮了。」

然後他讓我去他的房間看那盆翠晃冠。太寶貝了，結果有點徒長。我告訴他放在鐵窗上就好，他大為緊張，「可這是沙漠植物……台北很多雨的！不會泡爛嗎？」

沉浸在自己的悲傷和痛苦中，我真的錯失很多。錯過了溫柔的哥哥，錯過了可能和哥哥一樣溫柔的姊姊。

「我給你換的盆是很疏水的。放心，淋那點雨不算什麼……植物很有韌性。噢，這不是瘤，這是花苞，要開花了……」

一定是、絕對是，哥哥很愛這盆滿是刺的小東西，她才會在陽光不太夠的窗台上，醞釀出花苞，準備展現最美的一面。

「……讓妳突然背那麼多債。」哥哥的語氣有些惆悵，「我跟阿娟商量過了，妳的貸款由我們倆分攤。妳一個人在外生活……」

真的，錯失很多。我從來沒有主動接近他們過，一直專注在超現實的苦痛裡。

「哥哥和姊姊為我做的已經太多了。」我勉強笑笑，省得真的掉淚，「我也有工作，一百萬的貸款不過是六、七千塊吧？我付得起。姊姊嫁人了，哥哥也快了吧？你們要為自己多打算啊……」

一直到回自己房間，我才允許自己掉淚，並且痛哭失聲。

之九

真希望，有個老師或前輩能給我一點點指引。

不用太多，只要給我一點入門就好，讓我能夠知道怎麼正確的使咒或儀式之類，而不是仰賴玉荷非常不靠譜的本能教導。

也許是哥哥姊姊的真實刺激了我吧。我開始反省，發現自己真的完全耽溺在自己的不幸中，總是覺得自己好可憐，別人不了解我不幫我什麼的……還故作姿態的假大方，原諒這些惡待自己的人……

既幼稚又可悲。

看清事實吧。爸媽不管怎麼對待我，他們已經將我撫養到成年。玉荷再怎麼心不甘情不願，還是讓我活到現在，沒有斷手斷腳。

我特別不該抱怨玉荷，他從萌發智慧到如今，不過十年有餘，完全是靠朱炎那兒的原株繼承來的一點點記憶，而且不怎麼完全——那棵原株還是完整的植物，並不是花妖。

他自己都倚賴本能想辦法升級，我還嫌棄他教導得太少？簡直強人……強植物所難。

我應該靠自己。是的，我明白。但我還是很無力的希望得到一點點教導，台北的綠意真的太少，對我而言呼吸都有點困難，不是我的領域。

可這裡，儘管不受父母的歡迎，還是我原生的家。我不容許那個仇視生命的死者，哪怕只是些碎片和渣滓，隨便的糟蹋。

「我不知道怎麼辦。」輕撫著夏堇的葉子，我喃喃自語。

綠意，沒有妳想像中的少，統御諸花者。夏堇很少有的、無聲的回答我。

「我……我不是統御諸花者。」那是玉荷，不是我。「我只是個園丁。」

是的。我只是個園丁。看護愛憐每一朵花，每一棵植物。一開始可能只是為了保命吧……但絕對中立的植物，安靜和諧的緘默撫平了我受創的心靈。

在每一片葉子裡，我看到世界。在每一朵花中，我仰望到天堂。

夏堇深深的吸了一口氣，無數遙遠的芳香隨之共鳴。像是我還在花店、彩葉構成的小路，傲慢的玉荷鎮守的、我破舊的小家。

我的領域。

在所有的人熟睡，萬籟俱靜的深夜裡。我頓步，挾帶著這股強烈馥郁的芳香，一口氣將所有的邪惡和污穢粉碎殆盡，連一點渣滓都沒有留。

然後？哈哈。我昏倒在地板上。

真的，我真的希望有個人能教導我。連怎麼辦到的、為什麼辦得到我都不清楚。簡直是靠植物群的憐憫度日……這種感覺實在很不好受。

醒來我有點鼻塞、頭痛，內裡低燒的耗弱。其實這些我都習慣了……最少這個原生的家，那種腐朽令人痛恨的氣息消失了。

那種氣味退得很遠很遠，遠到模糊不清。我能感覺到一點含糊的憤怒、恐懼和重創感……真想知道為什麼我會知道。

來找我啊。混帳。不要因為祭品很難啃就轉移目標……那你之前對我的種種暴行算什麼？我就是、我才是，你應該享用的祭品。

不要怕崩牙，來吧。所謂的冤親債主，用冠冕堂皇的理由掩蓋仇視生命的死者，怯懦的死者。

來吧。到我這兒來。

天才濛濛亮，我已經收拾好了，捧著那盆有些枯萎的夏菫，悄悄的離開家。

讓媽媽一直裝病總不是辦法。為了避免和我見面，她連晚餐都沒吃，我並不想讓她餓過早餐。

天色微亮的街道朦著一股霧氣，等我意識到的時候，已經涉入荒野，悠遠的梔子花香寧靜，不像玉荷那樣帶著狂躁。

我的心，跳得好快。

半頹的孤墳之上，朱炎沉靜的眸子倒映著殘月的光，默默的看著我。

想過很多次，重逢時我該怎麼跟她道謝，千言萬語都不足以道盡。不是她的憐憫，我早已夭折。

嘗試過許許多多次，但我再也無法踏上荒野的小徑。這是神明的小徑，我能踏入一次已經是奇蹟。

「我、我……我還活著。」最終我還是只能艱難的說了這句。

「我知道。」朱炎淡淡的說，「而且足以呼喚整個城市的芳香滌穢……即使護法不在身邊。」

「可是，我並不知道是怎麼辦到的。」我求救似的看她。

「我舉起武器的時候，也不會去意識怎麼使用自己的手腕。」朱炎依舊淡淡，「妳不必知道。」

……其實我真的聽不懂。

但朱炎沒把我驅離，默默的聽我說了這些年的點點滴滴。可我發現，我總不斷的提到玉荷。不管彼此有多少不耐煩和齟齬，這十年我們是靈魂綁定的。

最後朱炎嘆了口氣。

「當時……」她遲疑了一下，「情況很緊急，我不得不……給妳一個可能。這棵梔子伴我已久，我想即使是速成的花鬼，也不至太過危害……」她有些歉意，「我卻忘了，雖然由我所播下種子，爭著澆第一瓢水的卻是人斬官。」

「人斬官是什麼？」

朱炎無奈的笑了笑，「一個個性，不怎麼好的傢伙。由人所植的植物，個性往往會類其主。像是妳所謂的『白玉荷』，應該類我。而『黑玉荷』，大概就類似影平……那個拋棄人斬官職責，歸化成修羅的上司。」

雖然聽得半懂半不懂的，但我想那個叫做影平的人斬官……恐怕就是黑玉荷的超級加強版。

「現在他誰都像也都不像了。」我嘀咕。

「是，我很意外。」朱炎露出一絲興味，「植物有了靈識，很少有這麼強烈的自我主張。短短十年，就從花鬼晉升成花精，或許還有成妖的可能。」

她輕嘆一聲，「恐怕很快的，他就超脫妳所能駕馭的程度。這是我起的頭，不能推我不知道。」

「……沒有他，我早死了。」我笑了一下，「凡事都有必須付出的代價。」

朱炎總是淡漠冰冷的容顏，柔和下來，害我有一點不適應。「就如十年前，我不能阻止妳折枝，現在我也不能阻止妳摘花、曬乾，製作成香囊。至於妳那有強烈自我的護法，會畏於原株的香氣，不至侵害過甚，那也只是偶然，非我所能控制。」

惡法亦法。現在我比十年前又更能了解這位嚴肅女仙官的無奈和不忍，所以我抬手摘花，發自內心的跪謝。

她靜靜的看著我，聲音更溫柔了點，「所有的『道』，究其根本，只是不忘初衷。」

其實我還不明白這話的意思。但我想，可能五年、十年，或者餘生，我總是會明白的。

邁過荒野，就赫然到了捷運站。

這不知道該說是空間轉移還是縮地術……我想我這輩子都不會明白了。雖然高鐵很快，計程車也沒搭很久，回家我還是感到疲倦，非常疲倦。

但玉荷的表情……真的很好笑，讓我忘記所有的疲憊。

「我已分枝別栽……誰也別想號令我！」他大怒，「就算是原株也不能！」

這大概就是傳說中的「色厲而內荏」。

「您這麼大尾……誰敢號令您？」我聳肩，「我嗎？我是小咖中的小咖，哪有那個膽？」

這個實在太不植物，永遠過度強烈自我的梔子護法，怒不可遏，不只一次命令我扔掉那個香囊。

我會理他嗎？當然不。

其實他如臨大敵的模樣還挺有趣的。我帶著那個香囊的時候，他根本是強撐著不逃跑……我不知道他還有這麼可愛的一面。

甚至，會趁我去洗澡，想要偷燒那個香囊……結果香囊毫髮無傷，他被反噬的燒焦半邊，殃及本株。

我表面平靜的架梯子去修整燒焦樹枝……忍笑真辛苦，差點從梯子上跌下來。他跳腳、咆哮、威脅。但是被燒得頭髮七零八落，穿著洞洞裝的玉荷，坦白說，氣勢沒有，滑稽倒是一籮筐。

「我不會拿這個號令你。」欣賞夠了，我才慢吞吞的說，「你記得嗎？我是個園丁。我愛我所種植的每一棵植物……」

他逃了。

……咦？

這個反應實在始料非及，大出我意料之外。仔細回想說了哪些話……實在找不出讓他轉身就逃的字句。

他非常不植物的自我意識強烈，甚至強行掙脫兩個植主的影響，自發性的融合，徹底拒絕任何干涉和號令，不甩我更不想甩母株。

我是很高興他不像我……老天爺，我真不想看到自己的黑暗面實質化。但他實在太有個性，有個性到難以預測和暴衝。

難道開靈智的植物會有青春期？不然怎麼解釋他這種莫名其妙的舉止？

但我的花園一片難堪的沉默。我猜植物群對這個逸脫植物思惟的梔子花精也只能啞口無言。

之十

像我們這種傳統小花店，往往都是熟客在光顧，有的甚至是鄰居。

附近都是老公寓，雖然防水工程很麻煩，但大半都有空中花園。有的屬於頂樓屋主，有的甚至是整棟公寓一起分攤打造的。

這可是個大工程，因為五樓公寓並沒有電梯，若是自己扛土那可真夠嗆的了。

或許，某些人類還深深埋藏著農耕先民的血，即使是水泥叢林的建築群，還是渴望綠意和花朵。

這些老公寓的年紀比老闆都還大，但當時的建商還很重視人命，非常堅固，方方面面做得極為紮實。年輕多了的新大廈已經開始掉外牆瓷磚，老公寓就是舊了點，經過許多次地震的考驗依舊安然無恙。

若是抬頭往上看，往往可以看到蓊鬱的灌木和紫紅色的九重葛，一整排的老公寓都是如此的空中花園。

他們有時來買草花，有時來訂貨，跟老闆很熟了。

就是太熟，所以有時要「出診」。

坦白說，客人都把花店老闆想得太萬能。說實話，花店老闆也就是個賣花的，經手的花卉可以說形形色色，真能全部精通實在太為難人。但是我來了以後，老闆高興得要命，因為我是真正在種花的人，每次遇到「出診」就把我推出去。

其實草木會有的毛病不過就那幾種，大部分是環境不適合，換個位置就差不多了。再來就是一些常見的白粉病、紅蜘蛛之類的，其實用藥只是治標，重點還是要植株強健了，這些毛病就很難造成大的危害。

但也有……我能力所不能及的。

萬事萬物，都有壽終之刻，植物也不例外。所以那個女孩哭得那麼慘，我也只能嘆息。

可惜了。聽說在幾十年前，這種裂瓣扶桑很常見，但現在幾乎沒有花農在種了。朱紅如舞衣的花朵下垂，透出怯生生卻嬌嫩的蕊。應該被很愛惜的照顧過，修剪得適當而美麗。

但她年紀大了，衰弱了。粉介殼蟲趁機襲擊了她，幾乎沒有倖存的嫩枝。輕輕按在樹幹，其實她的根已經開始腐朽，只是硬吊著一口氣。

「真的沒有救了。」我很誠懇的說，「不，不是介殼蟲，她只是年紀太大。」

「……這是奶奶種的。」女孩哭得很厲害，「奶奶最喜歡她……奶奶走了，我不要她也走……」

「其實，」我遲疑了一下，「其實有更好更美的扶桑。如果你一定要這種裂瓣扶桑，我也可以幫妳問看看。價格不會很貴的，頂多一兩百……」

「不！」她痛泣，「我就要這棵！奶奶的燈籠花……」

我啞然。這不是一棵花而已。還有一種對親愛的人的悼念，這竟然是這棵早該死去的植物，強吊住最後一口氣的主因。

在我看來，是一種溫柔的忍死和殘酷。

妳壽終了，妳知道嗎？我在內心，輕輕的對這棵衰老的裂瓣扶桑說道。

我知道。但人類太傷心。裂瓣扶桑微弱的聲音在我心底迴響。

沉默了一會兒，「救是救不活……但是，或許有機會扦插成苗，妳要從小苗養起，可以嗎？」

女孩呆了一下，拚命點頭。

我真是給自己找麻煩啊……但我畢竟是個人類，還是園丁。

所以我試圖在幾乎被侵蝕殆盡的衰老植株上，尋找尚有生機的枝枒……幾乎挑不出來，唯一還有點希望的，上面幾乎滿滿的都是粉介殼蟲。

已經衰弱到不能耐受任何藥物……而我個人也很討厭農藥。所以我耐著性子刷洗掉所有粉介殼蟲，在一個透明的飲料杯鑽孔排水，填上一半乾淨的土壤，消毒切口，插上羸弱的枝枒，在透明塑膠袋上鑽幾個小洞，將飲料杯罩起來。

放在花店明亮卻不會直射陽光的角落，然後，等待。

我知道這不算很正統的扦插法，有的人會去葉或把葉子剪掉一半，減少葉面蒸發水分。但我不太喜歡這樣的做法……植物最強的地方就是地表唯一能夠使用光能到極致的生物。

就算是扦插，他們依舊需要葉子行使光合作用，才不會太耗盡枝條原本的養分。透明塑膠袋就是為了減緩葉面蒸發才罩上的，扎那幾個小洞通風是為了不會因此發霉。

起碼我這樣做的時候，木本植物通常有八成的成活希望。

這對我來說，很簡單，甚至沒有花太多時間。但我卻有一種懷念的感覺。

十年前，我也是如此栽下梔子花的枝枒。那時候我完全沒有種植過任何植物，連土都是跑去花市買一小包的椰纖土——真的什麼都不曉得，只是擔心的澆水，看著他萎靡、落葉。

終究，他還是仙官的梔子花，生命力非常強悍。即使在一個無知的小孩子手上，還是頑強的扎了根，重新長出葉子，甚至凝聚出足以護衛我的花魂。

最初總是令人難忘的。他對我意義非凡，是我第一棵植物，在我眼前展現第一朵花。

或許性格惡劣，非常難相處。但也因為他擋在我前面，我才能活到現在。然後認識更多的植物，成為一個園丁。

「又弄這個，」老闆皺了皺眉，「起碼少賺一百五……咳咳……」他咳了起來。

「上回不知道是誰，白送了一盆芙蓉。」我嘀咕。老闆也就嘴巴痛快，有回客人的芙蓉實在沒救了，他假說要帶回來噴藥，結果訂了一棵相同的芙蓉給人家。

但他越咳越厲害，臉都漲紅了。

這太不可思議了。老闆壯得跟牛一樣。我在這兒工作三年，他連個噴嚏都沒打過。

「老闆……你感冒了？」我趕緊倒了杯水。

他好不容易停下來，有些疲憊的接過水，「阿災，昨天回家吹了風吧。」

「酒喝太多嗎？」

老闆沒好氣，「酒是喝高興的，喝到茫第二天鬧頭痛，哪裡高興了？」

也是。老闆是個懶洋洋的大叔，白天喝茶晚上喝酒，過得非常隨心所欲。他的人生就是為了活得高興而存在，所以他做什麼都有節制，很理智的馬馬虎虎，對什麼都不太在意。

他沒有怎麼提過，老闆娘也只來過兩次。但從他們吵架的內容推測起來，會鬧到分居，除了一直沒有孩子，還有就是老闆太「不思進取」。

為了活得高興而寫意，他不肯背貸款，守著祖業過日子。老闆娘一直想做生意賺大錢，但連信用卡都懶得用的老闆，拒絕賣掉花店，也不想在老闆娘家裡的貿易公司摻一股。

其實他對花店的生意也沒什麼興趣，只是父親開了花店，他就無可無不可的接著做。

所以我來他很高興，這表示他有更多摸魚的時間，到處去找朋友喝茶聊天擺龍門陣。

那天他提早回家，我並沒有在意。人吃五穀雜糧，哪有不生病的……雖然我嗅到淡淡的氣味，但人類被風邪所侵襲，這並不是什麼特別的事情。

但第二天，他沒有來。

這簡直……太奇怪。

是，老闆是很懶，很愛摸魚。但他有基本原則，為了更心安理得的偷懶，所以他會把貨批好……最少該進的切花會處理完，馬馬虎虎的交代一聲，才會開開心心的跑掉。

我打電話給他，不管是家裡的電話還是手機都沒有接。

有一種，很不好的預感。

硬著頭皮，我跑到對面的藝品店，跟歐老闆說了，請他去看看老闆。

事實證明，我的預感很正確。

若不是歐老闆去探望，從樓梯上跌下來的老闆可能就掛了。

跌斷了手，上了夾板的老闆發牢騷，「不知道怎麼了就……大概是發燒了，我還以為有人推我，家裡明明沒人。」一面說，一面低低的咳嗽。

我站在病床前，突然覺得醫院的空調實在太冷了。

這一切……我都很熟悉，令人厭惡的熟悉。老闆在我面前昏了過去，醫生和護士將我擠到一邊，開始急救。

討厭的味道越來越重，越來越重。白天死者無法現形，但我感覺得到。

在我小得還不知道前因後果的時候，我有一半的童年在醫院渡過。我的四肢都骨折或脫臼過，小感冒往往發展成差點病死的肺炎。

但那是我，是我。是被當成祭品玩弄折磨的我，不該是一點因果都沒有的老闆。

「我只是妳的護法，那個人不關我的事。」被我喚來的玉荷很冷漠，望著昏迷的老闆，露出些許惡意的笑容，「哦呀，這招倒是厲害。放心，他不會死……那老鬼精著呢。他只是……」

玉荷笑得更邪惡，「要奪走妳的一切所在。誰讓妳爆掉他的虛影呢？」

對了。我老是忘記。冤親債主的復仇鬼，是個非常會鑽漏洞的傢伙。只要不出人命，他就算降下災厄和痛苦給不相干的人，還是可以「逍遙法內」。

他可以合法合理的虐待我，不管是身體或心靈的痛苦，甚至是我的性命。

一股冰冷的恨意深深的刺進我的心中，卻如烈火般晃然轟鳴，如此滾燙。

不斷退後，不斷忍耐。一直都是被動的反抗，被動的。我甚至下意識的避免滅毀任何智慧體……哪怕是來找交替佔便宜的雜鬼。

「聽令。」一聲嘶啞難聽的怒吼，好一會兒我才意識到是自己的聲音，「逢敵，必討！」

玉荷一臉詫異的看著我，「妳知道妳在說什麼嗎？」

「我知道。」我儘可能的冷靜下來，只是胸口狂灼怒火泯滅不了，「從這個病房起，所有他的爪牙、倀鬼……滅了。然後循著源頭……一個都不要放過。」

看到他不動，我的怒火更高漲，「不要讓我說第二次，聽令！」

他先是低低的笑，笑聲越來越高，最後狂笑。「是。我發狂的……『主人』。妳終於，稍微有點樣子了。」

我不在乎他說什麼，更不在乎到底是什麼意思。我竭盡所能的呼喚影響所能及的植物，藉助他們的力量，迷惑所有的人類對我們視若無睹，並且捆綁限制躲避日光的鬼靈爪牙，甚至任由玉荷殘酷的拷問，最後徹底殲滅。

不要再退了。再退就是懸崖，我粉身碎骨無所謂，但我會牽累許多人，跟我有關係的人。

但根本，和他們一點關係都沒有。

像是我的怒火也深染了玉荷，他高亢的狂笑，虐殺，吞噬。最後展開兩對蜻蜓似的翅膀，巨大鷹爪似的腳抓著我的腰，呼嘯的飛向天空。

看起來很像動物，其實不是。我模模糊糊的想。那翅膀是翅果的薄翅，有些翅果就是靠著這種翅狀薄翼能夠隨風散播很遠。鷹爪似的腳，事實上是藤蔓之類。

這些都不是梔子所應擁有的。但玉荷，很可能就是植物群所言的，「統御諸花者」。

但是借來的、搶來的，還是自體生長的，都無所謂。只要能帶我去找到那個復仇鬼的代言人，那就可以了。

他傷得那麼重，重到只能派遣虛影來擾亂我名義上的家庭……一定有個自願為虎作倀的代言人。

被拷問的鬼靈說不清楚沒關係，我自己有眼睛可以看。

其實，我不意外。那麼會鑽漏洞，在漫長歲月裡已經從仇視敵家變成仇視生者的復仇鬼，會選個人類當代言人……真沒什麼好意外的。

「妳是誰？」那個中年男人強撐著怒喝，「妳這是私闖民宅……」

他看不到玉荷？本事這麼低微的東西，也敢為個惡鬼效命。

我沒有答話，只是舉起一片香茅葉……瞬間就成了碧綠的刀，被根纏繞的手，看起來真有點詭異。

他看不見玉荷，總看得到自己同陣營的孽鬼吧？

我直接刺穿了那個孽鬼，旺盛的生命力爆裂了死者。他的尖叫讓我確定了，是的，他看得到。

「妳不能殺我！我是人，是人啊！」他嚇得拚命往後退，直到抵著牆。「那個人沒死……不會死的！我是被逼的……那一位，那個，仙公，說我不照他說的做就要殺我……我不想死！」

玉荷現形，那個中年男人慘叫得更厲害。他笑得很愉快，愉快得很殘忍，「怎麼辦呢？『主人』？如妳所命令，我殲滅了所有參與的死者。但這個東西……卻是神明會追究的……『人類』。」

我沒有回答他，只是看著這個「人類」。

「你不想死，所以去害一個無辜的人……你甚至不認識他。」我冷漠的說，「相同的，我也不想死。今天你會為了性命害一個無辜的人，殺我也就更沒負擔。人性，就是這樣慢慢沉淪……你我都不願意死，只好這樣了……逢敵必討！」

我舉起香茅葉化成的刀，無視他拔出來的手槍。

復仇鬼，不要以為拿「人類」當擋箭牌會有用。我要你明白，什麼都沒用，就算是扛神明出來也一樣。

反正我不得好死，對吧？

既然神明漠然的看著我的性命如風中危燭，我為什麼要遵從這種不公不義的「法律」？

來啊！找我追討！

不要牽涉我身邊無辜的人！

但我沒有料到，玉荷抓住我的刀，點點滴滴碧綠的血落在地上，強烈的生氣冒出綠草和小花，若無其事的擋了中年男人的一槍。

他邪惡的笑了笑，手一抹，就平復了胸口的槍傷，呸的一聲，完整的子彈讓他吐出來，在地上彈了幾下。

「還以為妳有點樣子了呢……結果只是被怒火燒糊了腦袋。」他淡淡的說，恢復成平常的模樣，悠閒的走向嚇癱了的中年男人。

「什麼被逼的……人類真好笑。」他溫和的拍拍中年男人的肩膀，「力量和財富，蠱惑人心的役鬼……缺乏細胞壁的低等生物總是這麼好收買。」

他溫潤的臉龐泛著紅暈，美得那麼猙獰，呼出狂躁的香氣，緊緊按著中年男人的肩膀，「可憐的、愚蠢的低等生物。我很想寬恕你，但我的『主人』已下令……逢敵，必討。」

我覺得不妙，非常不妙。「住手！玉荷，住手！」

是我該手刃那個「人類」，因為我早已經想清楚，準備豁出去。神明自有一套裁決，人類互殘自有冤親債主之類的系統……大不了我不結婚生子，斷絕血脈，事情就結束了。

但神明對妖怪之類的就異常明快殘酷。

可玉荷睇了我一眼，我不但失去聲音，還無法動作，只能眼睜睜的看著。

他對著中年男人吸氣，那個人叫得非常慘，慘得讓人膽寒。那個中年男人的皮膚皺了起來，像是幾個呼吸間就快速衰老下去，最後成了一個枯乾消瘦的老頭。

若不是還會呼吸，我會以為是木乃伊。

玉荷一鬆手，那個人立刻癱倒在地。

舔了舔唇，玉荷有些意猶未盡，更顯豔麗的他睥睨著，我終於能動了。「學著點，『主人』。在『他們』的規則內，玩弄『他們』，那才夠解氣。而不是腦門一熱，拿著刀子去捅人。」

「……我累了。」垂下了手，碧綠的刀還原成香茅葉，飄落在地上。「我想回家。」

看了我一眼，似乎有些不解我突來的低落。不過他張開兩雙翅膀時，卻大發慈悲的讓我趴在背上，沒再拎著我走。

之十一　循環

其實，我不應該傷心和憤怒，相似的歷程早已經歷過，還是至親的母親。

我明明知道會這樣，只是自欺欺人的以為自己終究能安定下來，會有穩定的生活。

根本不可能。

在我知道了真相，並且扦插了玉荷之後，那個復仇鬼用一種絕對的惡意，看待我薄弱的反抗，開始……誤導並且影響我的母親。

母親本來就比較敏感，稍微有一點天賦。但這不是什麼好事，只是讓那個復仇鬼更容易得手而已。

甚至連流程都差不多。就是不斷的巧合和意外，讓她一點一滴慢慢恐懼憎恨我……如此而已。

老闆的病和骨折，只是個開始而已。跟當年母親害怕我的開端……幾乎一模一樣。

一個不祥之人。和她獨處就會發生許多不可思議、恐怖痛苦的意外。

最後總是會這樣。這個復仇鬼在不能行使武力的時候，終於想起這個老梗。老梗之所以會是老梗，就是好用，效果超群的緣故。

我根本不敢去探望老闆。因為我真的很怕聽到或看到壞消息。是的，我就是這麼鴕鳥的膽小鬼，一點點都沒有反駁的餘地。

完全不知道，到底是來不來得及……我對裡世界真的完全無知。

所以老闆娘趾高氣揚的打電話來，告知我已經被解雇，問清楚老闆只是需要住院一段時間，真的暗暗鬆了口氣。聽說花店已經要盤出去了，我只回去把裂瓣扶桑的扦插拿回來。

其實真不該養在家裡。玉荷的氣息霸道暴烈而侵蝕，種在家裡的植物幾乎都被影響。我是希望這棵裂瓣扶桑能夠活下來，但不希望她非自願的往花妖的方向進化。

這畢竟是凡人的委託。我不覺得其他凡人有辦法和玉荷這種凶暴生物好好相處。

玉荷輕視的看著還在掙命的扦插苗，「就這？」冷笑一聲，「妳侮辱我的段數越來越高了。」

……往好的地方想，最少玉荷保證了不會養出超進化的植物。

當然，有很多事情是很煩心的，我還糾結在這麼一小棵扦插苗，顯得很可笑。我的工作丟了，而且我連大學都只念了一個學期。這卡到很多問題……沒有穩定正常的職業，第一次購屋貸款就不好辦。爸爸催得很緊，而我日後還是得生活。

不得不承認，那個復仇鬼的確步步算得很精……成與不成，最後我還是被逼到絕路。工作很不好找……現實的問題比裡世界複雜困難。

畢竟對待那些仇視生命的死者，沒有玉荷我也能擋幾下，大不了狹道相逢勇者勝……勝不了開大絕把玉荷叫來就是了。

但找不到工作，我卻不能比照辦理。

「雖然覺得降低身分……但讓幾個人類乖乖聽話儘容易。妳想去哪工作，我都辦得到。」

沒想到玉荷還知道「友善」這兩個字。不過我還是很客氣的婉拒了。拿著豐厚的薪水，結果我什麼都不會，這簡直是自取其辱。

什麼能力就做什麼事情。別的不明白無所謂，這個真的非明白不可。

於是為了這個無聊甚至偏執的自尊，我開始奔波於面試和等待永遠不會來的通知。

我很願意付出勞力，但遭逢了一個失業率創新高的時期。或許我遲早會找到工作，可我的焦慮卻越來越控制不住。

有的時候會想，順應命運的死去，也是個不錯的選擇。不會再接到老爸打來威脅我要把地和房子賣給別人的電話，哥哥和姊姊也愛莫能助……一百萬，在別人的眼中可能只是個零頭，對我來說不啻天文數字，我甚至得辛苦工作一二十年才能償還完貸款。

看到玉荷，只是讓我的焦慮更沸騰。尤其他嘲笑的詢問我，「連我本株所在的土地都快保不住了……妳那武裝自卑的虛偽自尊，真的有那麼重要嗎？」

我沒有話可以反駁。

但是……我一無所有。真的完完全全的一無所有。除了「違抗命運」和「自尊」，我找不出自己存在的絲毫價值。

我若屈服了，任玉荷去蠱惑人類，我和那個操縱死靈和活人的復仇鬼，有什麼不同？

「連微管束都缺乏的低等生物，」玉荷冷峻的看著我，「這根本是兩回事。」

「讓你護法已經是迫不得已。」我覺得言語很難表達我真正的意思，只能勉強的說，「總之，你不准插手。」

但這傢伙一定又讀心到某些重點，露出異常厭惡的神情，最後冷笑一聲，「無所謂。妳若打算殺死自己，我很高興。因為妳允諾過我，可以接收妳剩下的人生。至於我怎麼『使用』……成為『死者』的妳，是無權過問的。」

他美麗而殘酷的臉孔逼近我，「應該說，沒有任何人可以過問。」然後就拂袖而去。

……我還真的不得不說，玉荷很會「激勵」我。他是個過度速成的精靈（之類），誰知道一個才十歲的花精、背負龐大契約的契主過世，他能不能順利接收，還是會因為契約終止而泯滅。

我連當初是怎麼跟他締結契約的都不知道。更不要指望把人類看成草履蟲的玉荷若倖存下來，毫無顧忌的他會整出什麼花樣。

總是活得下來。當初我逃到台中一無所有的時候，就想辦法活下來了。

半個月後，一個清潔公司打電話通知我去複試後，花店老闆幾乎是緊接著打過來。

「搞什麼？一直電話中。」他熟悉的牢騷著，「我住院兩個禮拜，花都快死一半了！多大的損失啊妳知道嗎？無故曠職……扣妳薪水喔！」

握緊了話筒，我啞然了片刻，「可是，老闆娘說……」

「屁話！」他發脾氣，「花店是我老北傳給我的！從房產到店面都是我的！關那女人什麼事情？老子只是摔斷手又不是摔斷脖子！靠北啦，真的不能懶，該離婚就得快離婚。趁我住院瞎搞什麼……她憑啥啊？」

我有一點茫然。我不知道……或許我該去清潔公司上班，盡量不要與人接觸，不給那個復仇鬼任何鑽漏洞抓弱點的機會。

說不定，真的，說不定。我繼續待在花店，同樣的事情會再發生……看著親人對自己日漸冷漠厭惡，甚至恐懼憎恨，是一種可怕的緩慢凌遲。

我不想再經歷第二次。

「……妳有沒有在聽啊?!」老闆的聲音從話筒震耳欲聾的傳出來。

「我、我……」一直以來，我都覺得自己夠堅強。以為我早已拋棄許多情感，以至於再無畏懼。但此刻卻如此軟弱無助。「……老闆，我不能……或許我會給你招禍。你這次會摔斷手說不定就是因為……」

「騙肖欸！」老闆更凶惡，「妳幹嘛不說美國龍捲風是妳造成的？想加薪也想個好點的理由啊！全勤加妳兩千啦，不可能更多了。快回來給我澆水，現在，馬上！老子手還打著石膏呢，難道妳要我自己澆？」

然後他摔電話了。

放好話筒，我飛快的擦去臉頰上的一滴淚。

「很甜美的憂傷啊……複雜的難以言喻。」一隻手搭在我肩上，不用回頭也知道是玉荷。梔子花的香味應該都相同才對，但他總是多變而狂躁。「好久好久……沒再品嚐如此掙扎的情緒了……容我提醒妳，歷史唯一能告訴妳的就是，相同的歷程總是相同的發生。妳對那個人產生了無謂的情感，私下將他當成父親的投影。」

他靠近我的臉，冰冷的香氣呼在耳畔，「若那個人類因為妳死了呢？或者更糟的……成為另一個視妳為不祥的『母親』呢？……」

或許吧。玉荷可以讀出人心的一些重點，但永遠不是全部。

我……的確，將老闆視為一個沒有血緣的「父親」，甚至我自己都沒有察覺。是的，我害怕歷史會重演。

但我這樣一個違抗命運到不惜殺人的傢伙，那就反逆到底吧。

誰想加害、殃及我所在意的人，我就加倍……不，是千倍、萬倍的奉還！我絕對，不要再退了。

「超現實」永遠不要想侵蝕我的「現實」。

我轉頭對著玉荷笑，「我不認識你原株的另一個植主影平。但我猜，你剛剛的口吻和惡意，應該和他很雷同。」

玉荷美麗獰笑的表情僵住了，隱隱有勃然大怒的傾向。

賭對了。

他莫名的強烈有自我主張，意圖擺脫兩個原株植主的影響。我不知道是他每天逼我喝的花蜜，還是我跟他生活太久了……

也可能是，我沒有其他人值得我關心和琢磨。

他沒有當場發脾氣，而是轉身穿牆就走。我猜想，他既不想像朱炎，更不想像影平。

他就是玉荷，擁有獨立人格的「自我」。

可他實在太鑽牛角尖了……人類看起來似乎百百款，但性格的相似度卻非常高。完全獨特的「自我」是不太可能的事情。

不過他只有十歲，妖怪啊精靈啊，那些異類有很長遠的時間思考和修正。

在他想通之前，倒是可以這麼唬弄他，讓他安靜一點。

我回到花店，果然狀況非常淒慘。店被搬空了一半，另一半奄奄一息。老闆娘不太識貨，搬空的多半是開得漂亮但便宜的草花，倒是弄得非常凌亂，老闆吊著手，中氣十足的罵個不停。

他也對我發脾氣，我卻只是笑笑，開始收拾花店，並且問他要工作證明。

「要這幹嘛？」他滿眼懷疑。

我很平靜的跟他解釋，我父親要把土地和房子賣給我，只要價一百萬。

「妳是他女兒。」老闆的眼神轉迷惑，「那鬼屋他又用不到……而且妳又不是沒繳房租。我若是有女兒……給她住怎麼了？又不差那幾個小錢。」

我不知道怎麼回答。只能勉強一笑，「每個人想法不同。再說，我也成年啦，是該負起一點責任的。」

老闆嘀咕，「我以為只有妳媽怪怪的，原來妳爸也……」

我僵住了。

「喏，妳填履歷的時候不是填過家裡電話嗎？我總是要打去問看看啊，誰叫妳看起來一副未成年逃家樣。」老闆大剌剌的說，「妳媽接的，鬼鬼怪怪的，說一堆瘋話。妳媽是不是拜神拜佛拜出毛病來啊？我有個朋友的老婆就這樣……神裡神經。自己女兒呢，還說妳……不說這個了。」

他咳嗽一聲，「我知道了。妳啊，別人家說風就是雨。妳媽說妳啥妳就信啥喔？妳嘛夠了。她神經妳隨她神經？……」

老闆囉囉唆唆偏離主題毫不著調的試圖安慰我，聽了很想笑。

雖然更想哭。

老闆不但給了我工作證明，還吊著手陪我北上對保。

我只能說……真是小看老闆了，他的朋友真是多到驚人的地步。程度也相當的……「驚人」。

我爸一輩子都是斯文的上班族，大約沒看過那麼多虎背熊腰氣勢萬千的彪形大漢大駕光臨。

手還吊在脖子上的老闆說什麼，老爸都點頭稱是，態度之謙恭的。

等交割清楚了，老闆把我送上高鐵，臨行前語重心長的說，「花店妳顧好哈，幫妳這麼大的忙了，做到死吧，別想漲一毛錢薪水。

還有啊，小夏，人呢，是不可能孤零零一個人活在世界上的。朋友雖然是最大的負債，卻也是最大的資產啊。妳看我多有哲理，跟到我這種老闆多好。乖乖回去工作，我還得辦桌請台北的朋友吃飯。」

是人家搶著請你喝酒吧？我忍住笑點點頭，卻沒忍住問了，「老闆，你以前是有多大尾啊？」

「靠北啦，大尾的都去吃免費飯啦。」老闆沒好氣的揮揮沒受傷的手，「有的同梯，有的學長學弟……反正小孩子不懂啦，把花店看好啦！喔對，有人來吵鬧，你打這個手機號碼……」他單手操作手機還滿嫻熟的，我把號碼輸入自己手機。

「……老闆，謝謝。」要上高鐵，我轉頭跟他說。

「說謝謝也不會漲薪水，免了。」他不耐煩的揮手，很瀟灑的轉身就走。

結果他在台北留了一個月，聽說他的朋友連醫生都準備得好好的，頗有樂不思蜀的樣子。

他肯回來，是因為一個快百歲的伯公過生日。說是伯公，事實上親戚關係已經很遠了。

我知道我無須擔心他獨自在台北的安危……最少「超現實」的部分不用擔心。

雖然我詢問的時候，玉荷的表情很古怪。「妳知道妳在做什麼嗎？妳要捨棄朱炎的梔子花瓣去維護一個沒有血緣、毫無關係的人。」

「仙官的梔子花，我想應該可以辟邪。」我回答，「我帶著的時候幾乎不再被打擾。」

所以轉去騷擾跟我有關係的人。

「妳不要以為妳有那麼好的運氣再次走入朱炎的領域。」他冷冷的說，「妳跟她無緣，也缺乏天分。能走入兩次已經是奇蹟。」

「我明白。所以？這對你也比較好，我帶著的時候你總是脾氣比較壞。」

他用看白痴加智障的眼神看我，看到最後漠然的轉頭，「我沒辦法碰原株的花瓣。但教妳怎麼拿來護衛一個凡人，倒是非常簡單。」

的確滿簡單的。只要把花瓣燒成灰，滲入老闆的影子裡就行了。

我相信朱炎不會怪我。她一定能夠了解想要「守護」的心情。

老闆和我不同。他原本就和因果絕緣，所以要斬斷復仇鬼的騷擾很容易。很遺憾那時我還太小、自顧不暇，不然說不定也能讓母親少受些身心的傷害。

我知道，人與人的緣分淡薄而不穩定，血親都如此，何況只是我的老闆。我知道，或許有一天，他就會將我辭了，也說不定是我自己離開。

為什麼把這麼珍貴的饋贈就這麼送出去？

唔，或許是，他的背影，宛如我想像中應該有的，父親的背影。

這種心情太值得珍惜。

我不需要香囊，衝著我來就好了。目前，這裡是我的所在，有給我珍稀溫情的人。

既然要逆反命運，那就逆反到底吧。

「一點都不合理，毫無邏輯，甚至缺乏趨吉避凶的生物本能。」玉荷批評，「凡人真不可理喻。」

他彎起一抹微帶惡意的笑，「不過，這樣自我矛盾的半夏，倒是讓人不討厭。」

「不還有你嗎？」我聳肩，「雖然你只有十歲。不過我們一路戰鬥過來，誰也沒死。將來說不定我可以活到九十九。」

「是花妖的十歲！」玉荷高聲，「跟人類幼稚如昆蟲的十歲毫不相同！」

「聽說您……還是您親口說的……您剛從花鬼二轉成花精沒幾個月，離花妖還差一大截。」

我真該控制自己的嘴。結果暴怒的玉荷又把我的房間半埋在枯葉和花瓣底下，已經掩埋到膝蓋了。

幸好是自己的房間，可以下班回來再清理。

只是下班回來，已經擺太久了，花香和枯葉的微甜味深深的滲進房間的每一吋。好幾個月我都像是露天睡在梔子花下。

* * *

那株裂瓣扶桑終於呼出最後一口花香，頹倒了。但她的枝枒扦插成活，已經是株生氣蓬勃的小苗。

在幫那個女孩整理過園圃後，看她含淚微笑著將小苗種在原處。

這時候覺得，身為園丁的我，是非常有價值的。

之十二 反噬

整合後比較好溝通卻沒有比較好相處的玉荷，不知道哪根筋抽了，一個禮拜有三、四天跟我到花店。

我問他，只得他冷笑一聲。

……不是女人心海底針，花精也是一樣。我沒有大海撈針的興趣，再說我每天是很忙的……現實和超現實都不輕鬆，誰管他哪根筋出毛病。

直到老闆語重心長的差點讓我摔了陶盆，我才知道，不是我想的那麼簡單。

「小夏啊，妳把男朋友帶來上班是沒什麼關係，但也不要讓他穿著睡衣來啊。」

……等等，等等！老闆看得到玉荷？

「我不是要罵妳，不要一副見鬼的樣子好不好？」老闆淡然的擺擺手，「當我沒年輕過喔？新烘爐新茶鼓的……誰不知道啊？」他擠了擠眉，露出賊笑，「大學生對吧？

好看也不是他的錯啦，但把睡衣穿出來就不好了。這年頭年輕人就是潮……不穿藍白拖改穿木屐是吧？嘖嘖……」

然後他一臉「免騙啦解釋就是掩飾」的去對街喝茶了。

我抱緊差點被我摔了的陶盆，看著一臉興味的玉荷。「……你沒隱身？」

「那叫暗示不叫隱身。」他淡淡的回，微微勾起一抹邪惡的笑，「沒有。」

也就是說呢，只要是人類都看得到他……搞屁啊?!難怪這幾天生意特別好，老有女生臉紅呆笑的買花。

我馬上把他拽到店裡，「你搞什麼?!」

「誰讓我的契約主不爭氣。」他依舊淡然，「經過多重考量和評估，我接手妳人生的機會實在太高。我必須要了解妳在外的舉止和一切，才能順利的接手，不會露出任何破綻。」

我啞然。這理由真是爛翻了。植物自有自己的網路，稱之為「自然」。他這麼一個「統御諸花者」只要冥想進入「自然」，就接近無所不知無所不曉，所以我常常被他吐槽得引經據典兼體無完膚，儘管他只有十歲。

他只要把神識定位在花店的隨便哪棵植物上就行了，何必來這兒現形？誰知道經過的會是什麼眾生高人……看他希罕抓去為奴為婢（？）甚至煉丹制器怎麼辦啊？

「吾輩的壽算和人類卑賤而遲緩的年紀不能相提並論！」他變色了。

你要讀心也讀真正的重點好不好？別說他怒了，我也怒了。

但他吐槽我真是一針見血強而有力，「妳敢說妳沒考慮過順應命運死去麼？」他睥睨的看我，「軟弱的人類。」

無話可回。

只能說，他升級以後更加伶牙俐齒，害我超級想念他還是雙重人格的時候。那時白玉荷只會用鼻孔看我，別想他輕開金口，黑玉荷只會變態而已。

怎麼樣都比現在好應付多了。

總之，我們各讓了一步。他堅持要「現形近距離觀察半夏的在外生態，神識隔了一層不真實」的屁話，我接受了。但他不能再穿得像個古人似的惹人注目（和誤會），必須盡量和正常人類靠攏，並且收起他該死的花精氣息。

我真不懂他。居然會欣然接受，而且偽裝得像是一個人類大學生，甚至過度有禮貌的跟老闆點頭微笑，對其他女客人的驚豔和告白都能淡然處之……明明他很蔑視人類。

更不懂的是，在我眼中非常困難的部分都能完美執行了，我求他剪短頭髮或者幻化成短髮，他一臉要吃人的模樣，悍然拒絕。

……你都能提起水壺澆花了，不肯真的剪短，幻化也行啊！現代頭髮這麼長的男人很少啊喂！

「我不是人類似的猴子。」他冷冷的回答，一面澆著受寵若驚，幾乎想拔根逃跑的仙客來。

……他的邏輯真的有重大問題。或者植物和人類的思考迴路不同，更不要太強求十歲的植物有太好的邏輯。

即使如此，我還是忍了。跟他生活這麼久，更怪異更神經更沒道理的部分我都忍了，現在最少他還可以討價還價，起碼他願意把長髮束起來，願意幫忙……

只是老闆賊笑著問他是不是我的男朋友時，他居然敢說，「嗯。」還對我粲然一笑。

我差點把花剪禿了。

去。

但我誰？和命運對著幹一輩子的人。很快的，我就適應他的騷擾，漠然的看他來或去。

誰管他是心血來潮還是腦損傷。只要別惹出不必要的麻煩就好。至於女客人那些莫名其妙的酸話，就當作是日常問候……

這個時候，只要微笑就可以了。

其實人間的騷動很容易平靜。在女客人碰了無數軟釘子，和身為事主之一的「女朋友」一直微笑以對……沒什麼可以發揮的空間，而再美的人看久了也就這樣了，冬天還沒過盡，玉荷就像是花店招牌……但也就是個看板娘而已。

可他還真的……很蔑視人類。人類圍著他轉，他雖然是笑著，眼睛卻冷冰冰的沒有笑意。人類不再圍著他轉，他還是笑著，眼睛依舊一片漠然。

我承認他模仿人類模仿的很好，但還只是模仿而已。

當初的提議……真是個好主意嗎？

我不知道，甚至覺得有些悲觀。他對人類蔑視的態度依舊，我不敢想像他接續我的人生會活成什麼樣子。

現在我不只想活到六十了，能活多久就多久。只要想到玉荷視人類如螻蟻的態度……我就覺得不該讓這太年輕的花精入世。

這可是棵食人花啊，拜託。

但後來發生了一件事，讓我徹底反省，或許……我也沒比他好太多。

初春時，天氣依然非常寒冷，一個中年紳士走入花店，有些遲疑的問我有沒有開比較久的香花。

這是個很含糊的問題。像我們這種小花店不太會進有香氣的切花，但他的詢問卻顯示他是個園藝新手。

雖然我並不是很喜歡接待他這樣的客人……容易讓我憶起那個遙遠的威脅。但他文質彬彬，充滿書卷氣，帶著一點沉鬱卻堅強，就是……紳士。

一個命不太好，被祖上牽連的紳士。

最後在我推薦下，他買了一把粉色玫瑰，和幾朵我相贈的玉蘭花。他很有禮貌的道謝，後來成了常客。

大學附近的花店圈子很小，有些女孩下課沒事也來逛幾圈，遇到他會甜甜的喊老師，然後背後八卦這個紳士是學校的副教授，還有一個發瘋的老婆。

「人類。」在只有我們獨處時，玉荷嗤笑，「人前一套人後一套。而且會這樣八卦只是因為……喜歡那個男人。」

「吳老師都能當她爸爸了，別胡說。」我淡淡的回。

「其實妳比我還不屑，何必裝得這樣？」玉荷冷笑幾聲，「妳少跟他接觸。除了麻煩，還是麻煩。」

「他是客人。」我沒好氣的回。

但人和人的緣分，往往不是想怎樣就能怎樣。既然是常客，就越來越熟。吳老師是個溫和的人，買花都是送老婆，久了我們會搭幾句話。後來他不只買切花，也開始種花，在園藝中得到樂趣，當然跟我這個園丁有話題。

在天氣漸暖的春末，他有些惆悵的說，「……若我長女還活著，應該跟妳一樣大。」

雖然事後他自覺失言的道歉，但我承認，我的確被觸動了。

我聽了不少八卦，聽說他有過幾個兒女……不是意外就是病亡的夭折。他的夫人會得心病，也是因為這樣。

雖然不應該，我倒是有幾分羨慕他的兒女……並且同情他。但再怎麼同情，我也還是牢記住玉荷的話，不要把麻煩攬在身上。

我並無意插手別人的因果。

自己的就扛得很煩了，實在沒辦法再去扛別人家的。

但就像我說的一樣。世間事，總不是想怎樣就能怎樣。

吳老師住在學校附近……就離花店三個巷子。

正是一年最宜人的時刻，暑氣未臨而春風正興，萬物欣欣向榮，幾天春雨更洗得姹紫嫣紅。

吳老師推著坐著輪椅的吳師母出來散步，路過花店跟我點頭，我也微笑，目光渙散的吳師母卻盯著我，輕喊，「茜茜。」

「不是的，」吳老師哄著，「她不是……」

吳師母卻抓著他的袖子，抗拒著，「茜茜，我是媽媽呀！妳不認得我了嗎？」

這時候，我難過，很難過。

其實我並沒有做什麼出格的事情，就是請他們進來坐，喝茶，跟吳師母說了幾句話，還懷疑她聽不聽得懂。

後來她溫馴下來，目光又渙散了，只是對我溫柔的笑，喊我茜茜。

真的，就是這樣而已。我沒有干涉甚至直視他們災禍的根源。

但死者的邏輯，往往很詭異，比跨入八奇領域的玉荷還難懂。

當天下班的途中，日與夜交會的逢魔時刻，我就被襲擊了。玉荷淡淡的鄙夷，「活該。」

我嘆氣，試圖和那團陰森霧氣講理，「你們的事我根本不想……」

「我才是茜茜！」那團陰森霧氣漸漸凝聚成人形，是個跟我差不多大的女孩子，「我才是！」

我想，我是驚呆了，反應慢了一拍，才會被她抓傷了咽喉。好在只是破皮，沒有噴血。

「……妳是吳老師的女兒？」我簡直不敢相信。

「我就是，我才是！」她叫囂的衝過來，卻被玉荷厭煩的打散形體，她像是霧一般穿過了我。

我、我不知道是什麼部分起作用了。是我浸淫在超現實裡太久，還是玉荷每天逼我喝的蜜，或是其他的什麼……在她霧化的碎片穿過我時，我「看」到了一些片段。

早夭的她懷著絕大的眷戀和憤怒，殺害了她之後所有的弟弟妹妹，甚至波及了幾個她母親溫柔以待的別家孩子。

我一直以為，只有父母才有能力傷害子女。我一直以為，吳老師家的問題是祖上的牽連。

「……為什麼？」我迷惑而震驚。

「我才是他們的孩子。只有我是。」她又化成一團陰森的霧氣，遠遠的笑，「不要以為我只有一個人喔……」

是呀，她不是一個人。她有十來個伥鬼。都是年幼的孩子，咯咯笑著撲過來。

「怎麼辦呢？我親愛的主子……」玉荷發出討人厭的輕笑，「防守的結界，我學得很零落。很快的，他們就會衝進來了……但都是些幼苗……我是說，小孩。人類該怎麼反應呢？」

「滅了。」被狂燃的怒氣焚燒得有些麻木的我，費力的開口。

「嗯？」

「全滅毀了！不要讓我說第二次，聽令！」我大吼，順手拔了一片芒草葉，拔得太急，甚至割傷了。

但我不覺得痛。

這是什麼？這算什麼?!把生命當成什麼了？殺害自己的兄弟姊妹，然後帶著自己的兄弟姊妹去殺害別人的孩子……

妳就是這樣回報父母對妳的愛嗎？逼瘋自己的母親很得意嗎？妳真的曾經是活人嗎?!

我真想不出死者所能造的罪惡能比這還恐怖的！

對這些孩子，我也沒有絲毫同情。因為那個叫做茜茜的死者，並沒有足夠的歲月和能力強令他們為倀。他們明明有選擇，卻選擇留下來戲耍似的殺害生命。

芒草化成的刀特別鋒利，滅毀起來也特別的快。他們很快就不敵，哭嚎著四散奔逃……我想是個正常人就會不忍吧？

但我不是正常人類。

我吼了一聲「縛！」，昏暗荒原的植物借給我他們的能力，將這些死者緊緊的束縛住，然後玉荷狂笑著一一啃噬完畢。

除了茜茜。

她化身為人形，楚楚可憐的發抖，「我、我……妳、妳不能處置我，妳沒有權力……」她顫顫的捧出一卷文書，「我、我是合法的！原本我就是生來她家討債的……只是他們對我很好，所以我沒有忍心害他們……我是合法的，合法的！」

合法。又是，合法。

合誰的法？

我以為我不能，沒想到我居然能夠搶到冥府發出來的文書。我想撕成碎片，卻異常堅固。最後我只能將那方文書踩進泥裡。

「真的要這樣幹？」玉荷挑眉。

「是。」

他問得沒頭沒腦，我也答得毫無首尾。玉荷的讀心雖然超近距離還常抓不到重點，但在我這種狂怒狀態下，他總是能輕易的了解我。

所以他號令，破土而出的無數細韌藤蔓絞碎了那方泥地裡的文書，在茜茜慘叫著撲過來時，玉荷掐住她脖子，輕鬆的舉在半空中。

「我再問一次，這是不能回頭的。」玉荷難得笑得這麼春風和煦，「主子，妳真要滅毀她三魂五魄？她還太年輕，冥府寄放那一魄不足以讓她重來……這是跟冥府對著幹。」

「我來。」我冷漠的回答，舉起芒草葉化成的刀。

玉荷卻提著她迴避，笑得更燦爛，「主子，半夏。這樣的妳，我真喜歡。」他慢吞吞的吸食茜茜的鬼氣，過程很慢，死者的哀鳴很慘，但我只是看著。

你可以說我遷怒、殘酷、冷血無情。完全正確，我不會反駁。這是滔天大罪，我明白，很明白。

「住手！」陰惻惻又威嚴的聲音，像是冬雷震震，「許半夏！勿縱妖傷人！」

天已經完全黑了，這個像是憑空冒出來的「人」，瞳孔是綠幽幽的光，拿著鎖鏈，戴著高高的帽子。

「噗。」玉荷噴笑，「陰差呢，我好怕唷。」語氣卻是那麼輕蔑。

我還是頭回看到陰差呢。官方單位，發出「合法」文書的單位。

「人？什麼人？我沒瞧見呀。」我不無諷刺的說，「我只看到一個喪心病狂的死者。這時候，官方倒來了。她殘殺無辜的時候，你們在哪？」

陰差神情冷漠，「生死不過是個過程。」

好個過程。

「玉荷，我令未改，你為什麼停下來？」我嚴厲的說。

就在陰差面前，玉荷將奄奄一息的死者吞噬完畢。

陰差慘白的臉更慘白，在忽隱忽現的月色中，看起來應該很恐怖、嚇人。

可惜呢。拜他們官方文書所賜，我已經把這麼粗淺的「恐懼」殺害了。

「許半夏，妳可知罪？」他怒喝，「妄自插手他人因果，縱妖傷人，此乃逆天！」

屁話一堆。

我攤手，「成住壞空也是個過程而已。」

我想他被自己的話噎到了。只能恨恨的瞪著我。

不然呢？來殺我呀。可惜我陽壽未盡，官方不能對我如何，得等我死了才能發落。想我提早死，快去連絡那個「合法」的冤親債主吧。希望他的傷勢早日痊癒，我發誓再來一定要讓他傷到永生難忘。

「回家了。」我跟玉荷說，「獎勵你一下好了，幹得好。你想聽什麼？知更鳥？媽媽殺了我？」

「我想聽，『化為千風』。」

他真是個惡意滿點的妖怪。

「不要站在我墳前哭泣，我不在那裡……」我高歌。

是的，不過前世還是今生，都不用站在吳茜茜的墳前哭泣了。她不在那裡……只剩枉死城的一魄。她不像我那存在上千年的老冤家，一兩百吧，還好年輕。想從那魄重組回來……不如等黃河轉清比較快。

這個時候，我真喜歡玉荷純粹而飽滿的惡意。

之十三 無謂

這是一個很普通的下午，半陰不晴，欲雨未雨。一個有些病弱的中年女子露出溫柔的笑，一臉幸福的捧著一盆開得燦爛的文心蘭。

花香很淡，卻有甜食的香氣。花市名為「巧克力情人」。

這花是她打電話來訂的，卻放在店裡很久，花期過了又再開。但我明白她的狀況……她身體很不好，連出門都成了偶爾的奢求。

今天她精神好些，終於過來接她的花了。

跟她說笑了一會兒，她露出一點倦意的告辭。

一切看起來都很平常。

我是說，人類看起來。

以前的我，事實上對這個客人抱著複雜的情緒。我明白她的真正病因，但我什麼都不能做。而她的「病因」反過頭來會試圖騷擾我，雖然不如老冤家那麼強悍，但也讓我遭逢過幾次危險。

他們都覺得理所當然而且理直氣壯。反正我不過是個被共享的「祭品」，傷害甚至吞噬都異常「合法」。

我猜，這個冤親債主肚子上插著一根梔子花枝，釘在地板上，應該是非常錯愕而且憤怒吧？罵得實在有夠難聽。

「多管閒事？」我淡淡的笑，「這位先生，您似乎忘記我們有過幾次摩擦……程度高到差點要了我的命。貴人多忘事，我懂。可惜我是小人，小人報仇那是從早到晚。我希望您有心理準備。」

我把他支解，分裝在不同的小玻璃瓶裡。甚至搶走了他「合法」的文書。

這種殘酷的事情，我卻做得異常平靜而自然，完全漠視他的哀號和破口大罵與威脅。

和官方見過面，我領悟了一些事情。

事實上，官方對我的確不能如何……起碼我陽壽未盡的時候，什麼都不能做。甚至，他們也不能對玉荷怎麼樣……他是我的護法。

護法忠實的執行他的職責，所有罪過是在主人身上。所以陰差只能令我不可「縱妖傷人」，卻沒能對玉荷怎麼樣。

我真喜歡他們這種莫名其妙的邏輯。

這表示我不用單方面挨打，我可以隨我心意做我想做的事情。

對。我成了一個「不法之徒」，而且沒有打算收手。那幾個小瓶子我回家就扔給玉荷吃，文書則是仔細的拿個漂亮的匣子收起來。

但玉荷很不滿，「為什麼不喚我？」

「我無法處理就會喚你。」我想含糊過去。

他睥睨而鼻間擰出怒紋，「人類！我主張自我生存權不是為了苟且偷生！」

我嘆氣，只能嘆氣。

這樣花美男（他真的是花）的護法，我真有點無福消受。

身為一個園丁，倚賴植物庇護的人類，我甚至能與植物無言的溝通。但我從來沒有見過比玉荷更複雜更矛盾的「植物」。

完全的自私，發狂似的捍衛生存權和自我意志，程度甚至高過應該固守的契約。強烈的排斥所有形態的干涉，我這個卑微的契約主不消說，連母株都拒絕到底。

反覆無常，陰晴不定。非常非常的難相處。

是的，我知道官方不會對他怎麼樣，但我想尊重一下他的生存權，不想麻煩他老人家……結果他還是發脾氣了。

我猜是沒讓他參與到殘酷血腥的部分，導致他嚴重的不滿。

「中立混亂。」我喃喃的說。

「什麼？」他皺緊眉。

「我一直以為植物大部分都是絕對中立，小部分是中立善良……」我覺得疲倦，「沒想到會親眼看到有中立混亂陣營的植物，實在太稀有。」

我以為他會大發雷霆，結果剛好相反。

他沉默了一會兒，露出美麗卻非常邪惡的笑容，「果然認主不是個全然愚蠢的決定。難得這樣卑微的人類能知我如此之深。中立混亂麼？我喜歡。」

……我突然很想見一見那位歸化成修羅的人斬官影平先生。更想問問朱炎怎麼忍受得了這麼一個完全變態。

整合前不用講，整合後一力想活出獨特不受任何影響的玉荷都會透出那股可怕的黑味兒……我真無法想像影平到底是變態到什麼程度的人。

後來我滅毀任何來挑釁的死者，都會召喚玉荷。只要是這類髒活兒，他都會帶著殘忍的狂喜，用狂暴之姿君臨並且肆虐，異常馴服並且不要求任何代價。

忍不住，我還是問了，「你知道我在幹嘛嗎？」

依舊沉浸在瘋狂血腥中的玉荷，眼神不怎麼正常，卻很清醒淡然的回答，「知道啊，不就是逆天麼？而我是妳的幫凶，總有一天會被追究。

但我活，是為了我想活，痛痛快快的活。而不是憋屈的、忍氣吞聲的活！就算死，也是因為我的意志，我的甘願，痛痛快快的死，絕對不會毫無聲息，誓必驚天動地！」

某方面，玉荷還是很植物的。我總算是比較了解他了……

怒放芬芳，哪怕花期只是短短一瞬間。只為自己，完完全全為了自己，不屑任何目光，這樣高傲的花。

他願意甘心認主，只是我的作為終於獲得他的認可了。

不過，我並沒有他那麼璀璨輝煌的浪漫。我只是被逼到絕境，終於領悟到任何忍耐和退讓都沒有用處，爆發了對官方強烈的不滿而已。

「冤親債主」、「抓交替」，這類的「合法」，已經運行了非常非常的久。偶爾能進入「自然」時，我一直在找答案，只是沒想到答案令我無言。

這種「合法」，是因為避免怨氣太重的人魂最後成厲。鬼魂好管理，但厲卻非常凶狠，完全失去理智，並且會造成重大災害。在官方的冥府看來，生與死不過是個過程，讓冤親債主去合法的報復後代，也能相當程度的平均災禍，不會有太大規模的損傷。

抓交替也差不多。在官方看來，已經規範得很周延。抓交替的對象通常都是有「劫」，運劫而替，再自然也沒有了……

我呸。

這種「合法」，我不承認。

看看我的人生，我倒楣而時時命懸一線的人生。看看吳老師的人生，沉浸無盡傷痛的人生。

我幾乎滅毀了吳茜茜，吳師母也好轉清醒了……但之前的創傷呢？損失的那些歲月呢？誰賠給他們？

他們沒有做錯任何事情就跟我也沒有一樣！

後來吳老師決定出國了，臨走前對我苦笑。「……我以為，命運寬待了我一回，終於讓我最心愛的人痊癒……事實上卻沒有，並沒有。」

清醒過來的吳師母，幾乎被指指點點和竊竊私語給再次擊垮了。吳老師這才果斷的決定離開。

我決心做一個「不法之徒」。我明白，搶奪並且收藏文書、滅毀冤親債主，等於是在官方的臉上響亮的搧耳光，我若死了以後應該會非常慘。

但我活著並沒有比較不慘。

來啊！

反正我已經沒有什麼可以損失的了。我要求的公平正義誰也不給我，沒關係。我自己來！

我就是要殲滅所有仇視生命的死者，收繳所謂「合法」的文書。超現實本來就不該侵吞現實，我再也不要看到我或吳老師的悲劇了。

最少，那個本來連門都幾乎出不得的中年女客人，現在能夠散步到花店……一個禮拜一兩次。

被摧毀的健康，要更長的時間來療養。而她損失的青春，更是永遠回不來了。

但起碼，不再被超現實侵蝕，只要她還保持著那種疾病都沒能摧毀的樂觀，還有更多美好的日子等著她。

「我真沒想到『園藝療法』會有效。」一直很愛花的她笑著對我說。

「植物一直都能撫慰人心。」我點點頭，「不過還是輔助性的，請記得看醫生。」

她什麼都不知道。但這樣最好。

當然，官方對我的作為不會高興的。他們派人來嚴厲的警告我。

「妳不會有好下場的。」自稱判官的官方代表，異常猙獰的說，「妳並不如自己所想的無辜！妳前世罪大惡極，罄竹難書！一切無非是因果，一飲一啄，自有前緣……」

好麼，現在跟我扯上輩子的債。

皮笑肉不笑的，我很沒禮貌的打斷他的長篇大論，「我們卑微的凡人有句話說，『今日事今日畢』。倒沒想到崇高的冥府不知道『當世罪該當世了』。對不起，前世我完全不記得了，聽說人轉世投胎都得喝碗孟婆湯？我真的不是推卸責任，只是我對毫無記憶的前世，不知道如何負責起。

我不懂了，為什麼你們會讓這樣罄竹難書的惡人投胎轉世？如果轉世投胎就是為了來被殺……可以啊，那不要讓我喝什麼孟婆湯，總讓我當個明白鬼吧？冥府是不是沒有法務部？我真心建議你們最好成立一個，而且找一些腦袋沒有洞的官員好好研究一下你們那漏洞百出、惡法頻頻的『合法』。」

玉荷在我背後輕蔑的發笑，惡意飽滿而愉悅。

我猜冥府大概存在非常非常久了，這位判官也做了很久很久。久到腦漿都成了化石，應變很不靈活。三言兩語，就暴跳如雷。

我還沒說夠哪，他就擱下狠話，「逆天而為，自取死路！十八層地獄等著妳，走著瞧！」拂袖而去。

有本事就現在處置我啊，何必等什麼十八層地獄。

我早就活在地獄裡了。

「半夏，主子。」玉荷發出令人戰慄的輕笑，狂悖的。「這樣的妳，真讓人死也甘願。」

「得了吧。」我垂下眼簾，「只是剛好合了你的意，可以大殺特殺了。」

這個純粹的自私主義者，才不會為了任何人，更不會因為我。

他狂笑得令人毛骨悚然，但我已經習慣並且無所謂了。

之十四 自然

我正在設法將所有的植物都地植，儘可能的安排適合的環境。蘭花之類的都往樹上綁，不然籬笆也是個好選擇。

這是件大工程，的確。但我不怎麼覺得疲勞，反而陷入一種空白而幸福的狀態。

身為園丁的人類，偶爾會誤入「自然」。脫離人類所有的愛恨怨憎，歸屬在絕對中立的植物中，每一時每一刻都那麼滿足，再無所缺。

「意義」在自然之前，毫無意義。

櫛風沐雨，花開花謝。平靜的面對萌芽，更平靜的面對死亡。一切都是循環，或者稱之為「大道」。

可惜這樣的時刻很少，一但脫離我都會陷入深深的惘然。我開始有些羨慕植物，對玉荷有著淡淡的歉疚。

終於比較明白，為什麼他在狂怒焦躁的時候多……除了植主之一影平的影響，更多的是，原本絕對平靜安祥的植物形態，卻被迫離枝，承擔龐大的契約，逸脫大道的懷抱，不再是自然的寵兒了。

現在他的脾氣比較穩定了。在我拒絕退讓，甚至主動獵殺後，我才知道將他餓成什麼樣子……成為這樣異常的存在，地氣不足以潤養他，所以一直處於飢餓狀態。

現在終於讓他滿足了。作為本株的梔子花繁盛得發出朦朧翠綠的光，澤被花園裡的其他植物，生氣旺盛到難以想像，已經開始侵奪園內小徑，顯得雜亂不堪，像是一方山野。

但我放任讓他們去。

身為一個「不法之徒」，我已經有了覺悟。甚至我感覺得到，原本遙遠而虛弱的威脅，日益強健、憎恨與日俱增。

我就知道官方不會什麼都不做的。

像是朱炎拐著鸞兒幫我存活，官方自然也可以拐著鸞兒嘗試讓我提早受審。

我早有覺悟。

只是，我不覺得玉荷會記得澆花。那在盆栽裡的植物就很可憐了。所以我盡力地植，侵佔了一些不屬於我的土地……畢竟太多了，我得種到門外去。

喝了那一小杯蜜，玉荷表情空白愉悅的坐在梔子樹枝上，薰風吹得他白衣獵獵作響，垂下來玉白的足履著要掉不掉的木屐。

其實木屐並不是日本的特產，只是許多華人不知情。罷了。這世間太多成見和自以為是，魔戒都能夠抄天堂了，還有什麼謬論值得稀奇？

我知道他沉浸在與自然同步的美妙中，所以沒有喚他，而是獨行去上班。

說來好笑，當我極力忍耐和忍讓時，總是時時被干擾。當我反擊，甚至獵殺之後，那些忌妒生命的死者，反而絕跡了。

但我不想改變什麼。我依舊步行過彩葉構成的小路，依舊當個花店小店員。當時間顯得很有限時，就會覺得身邊的日常分外珍貴。

老闆深思的看著我，「小夏，妳病囉？」

……啊？

「沒聽到妳囉囉唆唆感覺很奇怪啊。」他搔頭，「看妳男朋友還黏踢踢的，可見不是吵架。那絕對必須是病了。」

「老闆，」我心平氣和的說，「你若很想念被囉唆的滋味，我建議你和老闆娘復合……」

他奪門而逃了。

他和老闆娘離婚了，我卻異常倒楣的誤中流彈。老闆娘來找我哭訴過，也撒潑過。最後還領了幾個「兄弟」來試圖教訓我，罵我狐狸精。

生氣嗎？其實沒有。有點好笑，也有點無聊。她帶來的那幾個「兄弟」，玉荷都來不及出手，就被老闆揍飛了。

他沒揍老闆娘，卻被盧得非常不耐煩兼大怒。之後街坊阿姨伯母熱心為他作媒，他都臉色大變的逃跑。

我將來應該會很想念他，最接近父親的人……如果那時候我還有記憶，還知道何謂想念的話。

雖然沒有參加到姊姊的婚禮，但哥哥的婚禮，我趕上了。我的賀禮是一把捧花，讓嫂嫂立刻把她原本那把扔了。她熱情可愛，喜歡多肉植物和空氣鳳梨。理由有點好笑……因為她很迷糊，常常忘記澆花。

有了植物這個話題，我和哥哥嫂嫂很有話說。送給哥哥的翠晃冠又換盆了，嫂嫂甜蜜的抱怨，「這呆子為了換盆，手不知道被扎了多少刺！跟他講我來，死都不肯。明明是園藝白痴……」

哥哥只是笑，為我們倒紅茶。

後來我順路去探望姊姊和我的小外甥女……她肚子裡又一個了。因為我託哥哥轉送的翠晃冠，她開始喜愛這種長滿刺的小東西。水澆得有點多，但還是長得很好，只是她不知道怎麼換盆，有點擁擠了。

我買了一些小陶盆和多肉專用土，再次上門。教她怎麼安全的換盆，並且一盆盆的換給她看，好奇的小外甥女張著黑白分明的大眼睛，看我勞作，搶著幫我用小湯匙填土。

姊姊把她教得很好，明白這些刺的危險，而不是把她養在無菌室裡，風雨不侵。

我以為會很尷尬……但園丁與園丁之間，沒有尷尬這回事。我們討論日照澆水和施肥，細數仙人掌與大戟科的差別。

我很喜歡、非常喜歡和哥哥姊姊們渡過的，悠閒的午後。雖然他們力邀我回台北，不捨得我一個人在台中孤苦伶仃……我也相信，嫂嫂不會有任何意見，如果我在她家安居的話。

哥哥的新家在市郊，開車上班真的滿遠的……但有非常珍貴的小院子。

他們會善待我，我知道的。

但我真的不忍心……讓他們為我哀悼哭泣。

走過許多崎嶇蜿蜒、自我迷路的歧途。我不得不承認，「自以為不幸」是件荒謬又值得惋惜的事情。

如果我早一點學會伸出手，哥哥和姊姊一定會握住。當時的他們還是迷惘的大孩子，真的不能苛責他們。

我忽視了就在眼前的珍寶，強求就是無法愛我的父母。

這真是……無與倫比的愚昧。

但晚覺悟總好過永遠不曾覺悟。或許偶爾誤入自然的慈悲中，我領悟到很多事情。

可我不想哀悼那些損失……不想再「自以為不幸」。

其實已經很不錯了。我有家人，有個可愛的、眼睛倒映著碧藍晴空的外甥女。我有……心靈上的父親。

還有一個，現在比較好溝通，依舊很難相處，卻會捍衛在我之前，讓我活到現在的梔子護法。

不管怎麼磕磕碰碰，曾經彼此仇視，但他還是在我身邊。

我的人生，其實還是很飽滿的，並不是蒼白一片。

「妳在訣別。」玉荷冷冷的對我說。

「沒有。」我想也沒想的回答。

「沒出息的東西！」他反常的大怒，完全忘掉他堅持的優雅和嘲弄，「莫非妳就認定我不能保妳永年?!」

我覺得有點好笑，心平氣和的回答，「玉荷，別染上人的壞習性……我不欺騙自己，你也別欺騙自己。」

他突然將我撲倒，掐著我的脖子，瞳孔完全轉赤，發出恐怖的紅光。

但我沒有害怕。掐得這麼鬆……所謂色厲而內荏。躺在泥地上，我看了他一會兒，然後抱住他。

他整個僵硬了。

很多話想說，卻覺得也沒什麼好說的。即使是草木，孰能無情。我們相伴了十來年，即使是扦插，他也是從我手上扎根成活，是我第一棵植物，唯一的護法。

他奪身而去，捲起無數落英殘葉，乾脆把我埋了。透過葉縫，我看著薄藍的天空。

如果可以，我希望能夠天葬，凝視天空到最後一刻。

玉荷三天沒跟我講話，之後就一切如常了。

我想他應該是想通了。再說，我們之間那個不清不楚的契約，在我死亡時就會自動終結。他那麼強烈自我主張的花精，就能夠接續我的人生獲得真正的自由。

怎麼想都是好事吧？

現在他很積極的入世，甚至真的去上大學。雖然還是模仿……但已經很逼真。

這樣我掛心的事情又少一樁了。

噢，我並不是不想活了。相反的，我想活，非常非常想活下去。我好不容易發覺了自己的富有，我是人，我也會執著並且貪婪。

但就像玉荷說的，活著不是為了苟且偷生，而是希望痛痛快快的活，死也要痛痛快快的死。

我不僅僅是個人，還是個服膺自然的園丁。絕對中立的植物會借給我力量，就是他們也無法認可非自然的死者苟存於現實，明明可以重新開始——天選種族的人類獨享轉世重來的機會，卻為了很無聊的緣故糟蹋了，放棄回歸輪迴。

至於我的理由，就更平常了。

我不要再看到超現實侵蝕現實的悲劇。

＊　＊　＊

「不要再這麼做了。」在初秋的下午，有個常來買白菊的少年，憂鬱的對我說。

我詫異了一下。或許別人不會發現……但我明白他是什麼。我打工快四年了，他也幾乎每十天來買一次白菊，在我來之前就是如此，但我那神經大條的老闆完全沒有發現這個少年數年如一日，完全沒有長大過，只是會習慣性的準備很難銷的白菊。

他很聰明低調，甚至知道要避開玉荷。他身上的確有淡淡的血腥味，卻很陳舊，帶著腐朽的味道。

我說過，我的客人們當中有些很奇異……雖然數量很少。他就是當中最奇異的一個。

他曾經是人……後來變成妖怪。簡單說，他是個有靈智、有修行的殭尸。

「為什麼？」他困惑的問我，「妳仇視死者？那妳最當仇視的應該是我。」

「我不是仇視死者，更不會仇視你……」我無奈的笑笑，「你記得自己曾是個人類。」

進食得非常悲痛的……殭尸。他一定要吃人類的血肉，所以去盜新死不久的墳。吃完還會仔細的整理墳墓，痛苦不堪的獻上白菊。

其實人死都死了，屍體擺著也就只是成了蛆蟲食物，最後還是塵歸塵土歸土。他根本不必那麼悲痛。

玉荷對他興趣缺缺，絕對中立的植物對他也沒意見。

「我仇視的是惡法、是仇視生命的死者。」我淡淡的回答他。

「惡法，也是法。」他神情平靜些，「妳一個人類是無法撼動整個體制的……現在，還來得及。譬如宗教的庇護……」

「你已皈依？」我倒覺得有趣起來。

「道門。」他淡淡的回答，「最能約束我凶殘的天性。」

我有點難過。成為殭尸不是他的意願，但他總記得自己曾經是人。沒辦法……說服自己跨越最後的底線。

「恐怕我只能謝謝你，卻不能照辦。」我笑了笑，「不，我不是仇神……我知道神祇有他們的不得已，也知道冥府有他們的立場。」我想到朱炎眼中淡淡的不忍心，語氣柔軟了點，「我已經犯下逆天大罪，再去麻煩神明……我辦不到。」

自己惹的禍，自己擔吧。我都害怕牽連到朱炎呢，何必拖其他無辜者下水？

「妳若表達了從此收手的決心，並且皈依在宗教下，冥府也會樂得化干戈為玉帛。」他沒有放棄，「冥府的人手嚴重不足……只是剛好妳莽撞的惹怒幾個特別『有背景』的……人。所以……」

說真的，我很詫異。我跟他不算熟，他總是默默買了白菊，就默默的走。我們的談話幾乎屈指可數。「我很感謝，但我不懂。」

他看著我，露出惆悵的神情，「我不希望我慣常所見的風景，少了任何一個不該少的人。」

我的確是個……非常富有的人。那些常與我玩笑的「奇異客人」，在我逆天不法之後，幾乎都不來了。

但一個幾乎和我沒有交集，死者所化的殭尸客人，卻不希望我這樣莫名的消失在他習見的日常。

「這樣，你大約就能明白我的心情。」我柔聲回答，「我不要我慣見的日常，再出現任何類似的悲劇。」

他輕笑，悲憫而愁苦。

之後他還是來買花，十天一次。直到我的最後，都沒有停止。

之十五　制裁

真的是，很精細的陷阱，極富巧思。或許死者曾經是人類……雖然他們自己常常遺忘這個事實，但該用到陰謀詭計的時候，總是異常嫻熟而惡毒。

在我和玉荷零星的獵殺「合法」的死者之後，原本各行其事的死者團結起來，將我們誘入一個隔絕自然的玻璃屋內。

玉荷終究是花精，還能撐一下，但在我手掌生根萌發的葉刀就枯萎粉碎，還原成兩片乾枯的茉莉花葉飄然落地。

點滴不漏，於我和玉荷宛如真空。大概是道家手筆……符籙之類。

我早就知道官方不會什麼都不做的。

「白痴。」玉荷非常蔑視，即使他的鬢花開始枯萎泛黃。

我想什麼都改不了他的驕傲吧。但我會成為不法之徒，甚至蜻蜓撼柱般與「合法」

為敵，總不是為了想自殺，一定是有些什麼倚仗。

如朱炎所說，我也有一些力量，獨特的力量，我無須明白，只要會使用就可以了。

在死者狂妄的笑聲，熱切的漸漸逼近時，我淡淡的開口，「依舊是月圓時，依舊是空山，靜夜。」

原本藏在烏雲之後的月，緩緩的露出皎潔的臉龐。

「我獨自月下歸來，
這淒涼如何能解！
翠微山上的一陣松濤，
驚破了空山的寂靜。
山風吹亂的窗紙上的松痕，
吹不散我心頭的人影。」（引自胡適詩〈秘魔崖月夜〉）

玻璃窗上的樹影，漸漸深重，實質化，隨著我的朗誦深深的吸了一口飽含生命的氣息……於是這個被諸法禁錮、應該是九雷打不破的玻璃屋開始龜裂，瘋狂的滲入自然的氣息。

翠綠的葉子從我掌心生長扎根，轉葉為刃，我輕喝，「破！」

於是裂痕擴大，自然的生氣洶湧而入。

雪白鬢花怒放的玉荷狂笑著徒手撕裂死者，而我縛住他們。在月夜下，展開殘酷的殺戮。

但我……並不是喜歡血腥。坦白說，可以的話，我甚至不想殺生。我畢竟是讓文明馴養過度的人類。

我更不想……讓身為護法的玉荷，太瘋狂的耽溺於殺戮中。這對他很不好。

已經強將他從自然中摘離，我不希望他背離大道太遠。

記得嗎？我的聲音受植物喜愛。這也是為什麼我能破壞這個諸法禁錮的玻璃屋。

所以當玉荷因為殺戮被刺激得幾乎失去理智時，我高歌。

「月亮輕聲低語，
用無人聽到的聲音。
編織潮起潮落，
記憶中的景色無法消失……」

這是動畫「丹特麗安的書架」的主題曲。但我不懂那是哪國語言，學也學不像。所以我擅自改成中文。雖然歌喉不如何，被我改得面目全非。但是植物甚至自然都會傾聽我的聲音。

「即便如此我仍然吶喊，
莫名地提高聲音。
至少要響徹天際的彼端，
太陽會因此而上升吧……」

玉荷漸漸安靜下來，面容沉浸著空白的幸福。原本過度亢奮的自然也平息下來，平靜的處理死者。

萬籟俱默。

愴然的看著死者滅毀，再次死亡。部分可以從冥府寄養的一魄重生回來，有的卻就此殘缺、漸漸腐朽。

為什麼，你們就是不明白？叫囂著復仇，非自然而扭曲的侵蝕現實，事實上一點意義也沒有。

明明是冥府的行政疏失，該刑罰的當世不能徹底執行，為什麼你們要隨著傷害無辜者的惡法起舞？

為什麼？

「難不成妳要停手，饒恕他們？」玉荷冷笑，「軟弱的人類。」

「怎麼可能？」我淡淡的回答，「是，我是軟弱的人類。但我終究是人類，而且喜歡人類。既然死者不明白，那就只好教育他們到明白為止。」

我才不管你們是不是合法。既然你們相信拳頭就是真理……那就這樣吧。

「矛盾到極點。」玉荷毫不客氣的批評。

我默認了。

但我不知道玉荷哪根神經抽了，回去就粗暴的在我的院子挖了一個池塘，生生擠開很多花草的生存空間。

「你幹嘛?!」搶救著被水淹沒的花草，我對他怒目而視。

「這裡離地下水脈最近，不會枯竭。」他卻答得牛頭不對馬嘴。

既然填不回去，我想種些水生植物，例如蓮荷。玉荷卻悍然拒絕，揚言我種一棵他就拔一棵。

……為什麼？就擺著長些自生的水草？

「這個池塘，是『我的』。」他冷冷的聲明，「妳沒有絲毫權力。」

……已經很久沒有那麼難溝通了，我有點不適應。

更難理解的是，他的隱怒和忍耐的暴躁程度與日俱增。明明這段時間他已經飽到不能再飽，甚至揚棄啃食遺骸的習慣。這個城市的「合法」死者清理大半，要不就設法搬遷，或者暫時放棄他們的合法。

還有什麼威脅讓他這樣緊張……我的心突然一緊。

我這樣的凡人，都能模糊的知覺到，身為異類的玉荷，應該比我知道得更清晰吧？

那個日益猖獗的復仇鬼，我的老冤家。

害怕嗎？或許剛開始有一點吧。之後我就不再去擔憂了。

人活著就是朝死裡奔的歷程。總不能為了這個必然的結果，等不及的抹脖子上吊吧？

我比較想要享受活著的滋味，珍惜的過著日復一日看起來相同又相異的日子。憐愛每一棵到我手上的植物，招呼手指可能很黑的客人，盡量協調人類的愛護和植物的生存。

偶爾陪老闆喝杯茶，接受街坊鄰居要求的「出診」。

這，就是我所知道，最好的「活著」。

所以那天來臨時，我心情很平靜。即使老冤家變得更龐大更可怕……像是漆黑的颶風，異常狂暴。我也只感嘆「怨恨」的力量真是驚人……官方的力量也很偉大。

我是命令玉荷帶我飛走……但並不是要逃。

終究我是軟弱的人類，沒辦法背負殃及無辜的罪惡感。我早就選定了一塊荒蕪的砂礫地開戰，希望可以將災害壓抑到最小。

從頭到尾，玉荷不發一語，溫馴到我有點不安。

但玉荷……不會有事的。他的本株無恙，就算精魄被滅了，還是能夠復原回來，只是需要一點點時間……這就是植物妖最強悍的地方。

不容我再胡思亂想，再次的，我和復仇鬼對決。

甫接觸，我就知道輸定了。除了濃重陰暗的鬼厲，他還有更昂揚無匹的神威……難免的，人家受官方支持嘛。

但是，又怎樣？

這是第一次，我和自然如此同步，祂如此大度的縱容了我。也是第一次，我和玉荷如此心意相通，和諧的像是同一個人。

曾經有的痛苦、悲傷、憤怒、仇恨、無助……在這一刻完全純淨了。我很明白我想做什麼，和為什麼這麼做。

我不接受惡法，我要終止這個官方支持的復仇鬼。我絕對不讓他……有機會傷害任何一個我在意的人。

即使逆天，我也要將他拆解到只餘冥府的一魄。重生是個很長的過程……將來哥哥或姊姊的後代，一定也會出現我這樣的人，奮起反抗這種完全不合理的惡法。

即使腰斬也沒阻止我的決心，他將我的上半身塞進嘴裡時，我懇求自然讓我了卻心願，而祂回應了我。

我用自然旺盛猖獗的生氣，徹底爆裂了這隻復仇鬼。程度強烈到讓他在冥府寄存的那一魄受到難以復原的重創。

無憾了。我這一生。

「我只是……慢了一步。」玉荷抱著我，面無表情的俯瞰。

這還是……玉荷頭回跟我解釋呢。其實他不比我好，那個復仇鬼不只一張嘴，他差點被嚼爛了。

神威又特別克制妖怪。可憐的孩子，跟我就只有無數苦難。

腰斬不會馬上死，真是酷刑。我很想看看我被腰斬到什麼程度，玉荷卻死死抱住我，不讓我動。

連劇痛都漸漸無感……我想應該是盡頭了。我把所有的人都想念一遍，很欣慰沒有我，他們也會好好的。

哥哥、姊姊，小外甥女……還有我未謀面的小外甥。很想喊他爸爸的老闆。手指很黑，連切花都飽受荼毒的銀行小姐。對街歐老闆一家……種著裂瓣扶桑的女孩……

各式各樣的客人……哀傷的殭尸先生。

沒有我也可以的。

氣開始喘不過來，我卻可以真正的、快樂的微笑。我開始看不見啦，但我感覺得到玉荷。

「恭喜。」我勉強壓住喉頭的血腥味，盡量把話說清楚，「玉荷，你自由了……」

這不是他長久以來的願望麼？我再也不用掛心什麼了。

但這個可惡的傢伙，什麼話也沒說，卻把我的手按在他臉上。冰涼的、冰涼的淚。

混帳。玉荷這個大混帳！我都要死了，為什麼要讓我有牽掛！不要在我身上痛哭！

你的尊嚴呢？你的驕傲呢?!

我要被制裁了啊老天！你讓我好好去上刀山下油鍋好嗎？不要讓我牽掛求求你……

不要這樣，你不要哭，不要吻我，不要把所剩無幾的精華硬灌在一個被腰斬的臨終者身上。沒有用的，完全沒有用的。

這只是讓我掛心而痛苦，掙扎著斷氣。

我墜入黑暗中。卻痛苦得心快裂開來。

這比真正的制裁還殘酷。

後記

我像是睡著，又像是醒著。在很深很深的汙泥裡，全然的黑暗。

但是一種溫暖的黑暗，溫柔的。後來我能抬起頭，仰望著水面模糊的日光或月影。

開始的時候，偶爾會迷糊的想，就這樣？冥府的追究也太甜了吧？我沒有絲毫痛苦感。

但這種飄忽的想法，很快就遺忘了。我深入汙泥中，很深很深溫暖的黑暗。我仰首望著日光或月影，被蕩漾的水包圍。

每一秒、每一刻，都是那麼飽滿充實，遵循著堅實的自然規律，與萬物同呼吸。那是非常美妙的感覺，幸福、滿足。

從水底舒展而上，沐浴著陽光和雨水，再無所缺，一切完滿。

只有一張臉孔俯瞰著我時，會讓我刺痛畏縮。憔悴、悲哀，悽愴的神情。我害怕，真的，我害怕。

我不想脫離美麗完滿的自然，我不想觸及那些模模糊糊的痛楚……我不想。

他總是撫著我的臉，喊著我不認識的名字，要我別再睡了。

我沒有睡，但我也不想醒。有種比風雨還嚴厲的東西等著……我不想去。緊緊捲著花苞，我不敢開。

但那個憔悴的統御諸花者，滾下一滴淚，明明是冰涼的，我卻被灼傷了，痛苦不堪的開了花，脫離了溫暖的黑暗和自然。

所有的回憶像是海嘯一樣歸來，我覺得我會溺斃。深深的畏縮，但還是得承受下來。

這才是應該的因果報應。我將他摘離了自然，而被他喚醒脫離和諧的大道。

這是該然的，必定的。

＊　　＊　　＊

即使那麼痛苦的死亡了，我依舊是不法之徒，冥府並沒有機會將我帶走……而是自然將我納入祂的麾下。

玉荷懇求自然讓他植下化為蓮子的我，自然雖然允了，卻明白的告訴他，或許終其妖族漫長的一生，都沒有機會等到我清醒。

痛苦而短暫的人生，與和諧平靜的自然大道，自找荊棘之途的生靈不會很多。

我想我就是那少有的、自找苦吃的生靈之一。

有一段時間，我非常痛苦，根本不想理玉荷。我想念溫暖的黑暗，我想念完滿的自然。我不想要骯髒的七情六慾，我想回復純淨的植物。

我知道這是必然的因果報應，但我還是非常痛苦。臨終時痛苦的回憶常常折磨我，折磨得我快發狂。

「妳只是累了，所以逃避。」玉荷凝視我，「終究妳還是個人類，一個人類的園丁。」

「我已經不是。」我轉開臉不看他。

但有一天，我瞥見一棵自播自長，卻位置太偏的夏菫，喝不到雨水的她，已經快過凋萎線了。

等意識過來時，我拎著水壺，正在灌溉。

我哭了。

只有人類才會做這種事情，人類的園丁。

玉荷花了一季喚醒我，而我凝聚的精魂還太薄弱，一年多才勉強能現形，影子非常的淡。

但老闆的神經真是非常非常的粗，完全沒注意到我宛如幽魂的狀態。只關心的喋喋不休，問我的病好些沒有。

「病？」我是死過一回了，病？

「麥騙啦，以前就知道妳身體超爛的。」老闆嘆氣，「妳男朋友愛慘妳囉。我說不用，他連大學都不念了，跑來花店打工。說妳最喜歡這個花店，但病得不能起身……金害，害我感動死了……」

……原來他早出晚歸是在打工。

「他不在店裡呀？」我勉強笑了笑。

「金老太太家的福祿桐生白粉病的樣子，他去看看。」老闆聳聳肩。

然後我看見玉荷慢慢的走了過來，映著夕陽餘暉，卻縈迴著淡哀。看到我，卻立刻嚴厲起來，「誰讓妳出門的？妳的身體是能出門嗎？」

「少年欸，火氣不要那麼大。」老闆語重心長的拍拍他的肩，「明明愛到卡慘死，嘴巴甜點會死喔？」

我以為玉荷會發脾氣，但他只是將臉一別。

……我一直沒有認真了解他，沒有發現他細微的苦心。自然願意干預，事實上是他一直把精華分享給我，調整到我有統御諸花者的氣息。

老闆把我們趕回家，我挽著他的胳臂。他僵了一下，卻沒有甩開，反而用另一隻手按著。

「……你怎麼知道我會轉生成荷？」忍住嗚咽，我故作輕鬆的問。

他沉默很久，幽幽的說，「我也是賭。但那最貼近妳的本質。」

所以他一直在做預備。

「其實……你早已自由。」我潸然淚下。

「我不要自由。」握著我的手更緊了些，「妳也不得自由，妳和我，全是不法之徒，誰都別想逃。半夏，主子。妳折枝的時候就已經註定。」

說得也是，也是。

「我會繼續不法下去。」不是冥府不饒我，事實上我也不饒冥府。即使已經轉生，精魂薄弱，但我會有更長的壽算，我是自然的子民。

我要不法到冥府終究願意正視惡法的不合理性，沒關係，我時間很多，大家慢慢磨。

「這就是，我不要自由的原因。」玉荷淡淡的，有些邪惡的笑，「我就是喜歡這樣的妳……連死亡都不能征服。」

統御諸花者，卻比我還了解我自己。

有些本質是連死亡都無法改變的，即使成為薄弱的精魂，我的聲音依舊能夠感動植物和自然。

所以我高歌。

「即使如此我仍然吶喊，

莫名地提高聲音。
至少要響徹天際的彼端，
太陽會因此而上升吧……」

（半夏玉荷完）

朱炎

之一 朱炎

夜空中，飛過一抹身影。

一片黑暗，她卻發著淡淡的光，非常清晰。面容端麗，長髮束總在頭頂，長可委地的馬尾飄蕩，單手揮著一把不像刀也不像劍的巨大鐵片，卻異常靈活的劈向虛空……

鮮血噴灑，虛空中掉出一個怪物的頭顱，沉重的身軀轟然倒地。

穿得像是從武俠小說走出來那種女扮男裝的麗人，將比人還高的巨大鐵片在屍體上橫揮……就成了灰燼，在淡薄的月色下粉碎消失。

像是發現了他的瞠目，她回頭，脖子上的鐵項圈還鍊著剩下一截的鎖鏈，輕輕碰擊迴盪著如鈴的聲響。

麗人頓了一頓，拋下驚嚇過度差點昏厥的目擊者，收起武器，消散了。

空氣中飄蕩著淡淡的梔子花香氣，直到天亮才無聞。

＊　＊　＊

即使是文化昌明、科學發達的二十一世紀，還是有許多奇怪的遊戲和都會傳說。像是碟仙就發展出很多變形然後大為流行，半夜照鏡子或戀愛符咒等等也長盛不衰。

但也有地區限定的怪異傳說。像是新北市的雙林區，附近的高中國中小學，就流行一則都會傳奇：拜朱炎。

儀式雖然有點奇怪，但不複雜。只要取一朵香花放在照得到月光的窗戶下面，然後燃燒一點點檀香，默念心裡的煩惱，把白紙放在香花下面。

若是天亮後，白紙上出現了墨跡，那就是朱炎來過了。當天夜晚十二點出門，就會不知不覺的尋到朱炎的墳，上供之後，往往就能實現所有心願。

傳說是傳得很盛，真有膽去實行的恐怕也沒幾個。但還是傳得沸沸揚揚。

只是朱炎長什麼樣子，眾說紛紜。有人說很可怕，也有人說很美麗。有人說她隨身帶著鈴鐺，行走時會有微弱的響聲。有人說她拿著巨大的劍，可也有人反駁說她沒有武器。

總之，這是一個地區性的傳奇，有點陰森可怕的，卻也有點羅曼蒂克的都會傳說。

如果不是親眼看到，大概他也會這麼認為。

朱炎……是存在的吧？

他滿懷心事的回家，一貫的低氣壓。自從哥哥失蹤以後，就一直是這樣……都兩年了，他都跟哥哥失蹤時年紀相同，十三歲了，哥哥失蹤後，他的爸媽再也沒有笑過。

氣氛一直都是那麼壓抑，真是討厭極了。他真的快要忍受不了了。

朱炎，妳存在吧？告訴我到底是怎麼回事，哥哥到底去了哪裡？

那天他偷偷摘了媽媽很寶貝的茉莉花，放在白紙上，在房間裡點起線香。花香和檀香交織在一起，矇矇朧朧，有種昏昏欲睡的氣氛……

等他醒過來，正是午夜十二點。銳利的香氣割裂了一切的味道襲來。他不知不覺悄聲走出家門，不由自主的走入一片荒野，雪白的梔子花怒放，在黑暗中泛著微微的光。

樹下是墓碑頹圮一半的孤墳，旁邊還有空空洞洞的小廟。

我為什麼在這裡？這又是什麼地方？他大夢初醒的湧起強烈的恐懼，卻嚇軟了腿。

但更讓他驚恐到極點的是，頹圮墓碑湧出霧氣，漸漸成型，正是他那天晚上看到的麗人。

沒有表情，看不出喜怒哀樂。身影朦朧，幾乎是半透明的。但是她的確戴著鐵項圈，拴著半截輕輕晃蕩的鐵鍊。

「你不是要見我嗎？許達信？」麗人開口，聲音平淡縹緲，「我是朱炎。」

「妳妳妳……」他顫顫的指著，連話都說不清楚。

朱炎露出微微詫異的表情，「你果然看得到我。不容易呢……但是看得到不是什麼好事。除了我，還看得到其他嗎？」

「妳說什麼？還有其他？」達信大驚。

「哦，這倒稀奇。不能見鬼卻能通神啊……但在這時代也不算好事。」朱炎淡笑，「其他人頂多只能聽到聲音或朦朧的影子而已……罷了。你想知道你哥的下落？」

雖然一切都很不可思議並且恐怖，但他還是點了點頭。

「雖然應該帶他的物品過來，不過既然你是他的血親……」朱炎把手伸向達信。

他很想躲，卻只僵住不動，覺得一陣溫暖的風從他額前若有似無的拂過，朱炎就縮回手，閉上眼睛。

好一會兒她睜開眼睛，眼神卻有些哀憫，「你的哥哥已經不在人世間了。」

「……不會的！」他突然忘記害怕，朝著朱炎怒吼。不會的不會的！哥哥只是離家出走，或者被拐了！他是很希望這樣壓抑的氣氛能打破、消除，卻不是用哥哥的死亡當作結束！

「請節哀。」朱炎沉靜的說，「事情已經發生，無可挽回。他尚存的遺物……在此。」朱炎再次碰觸達信的額頭，他清晰的在虛無中看到了學校附近的大樹上，卡在狹窄樹洞裡的破碎眼鏡。

「你所供上的微薄香火，僅能搜尋。不過，到此為止比較好，再上訴必須付出代價。」朱炎微微一笑，「回去吧。」

他渾渾噩噩的站起來，身體不像是自己的，機械似的走出那片荒野，靜悄悄的回到家。

再醒來時，他躺在床上，陽光隨著窗簾的飄蕩而浮動。

是夢，對吧？但是他起身，驚見茉莉花下的白紙有了淡淡的墨跡，像是一個沒有完全的圓。

心不在焉的吃著早餐，發現什麼也吃不下。「……爸爸，媽媽。」他艱澀的開口，「昨晚我做了一個夢。」

朱炎，真的沒有騙人。他們真的找到了破裂的眼鏡，哥哥的遺物。雖然爸媽不想讓他知道，他還是偷聽了警察和爸媽的談話。

「為什麼？」他質問著朱炎，「為什麼？哥哥是被什麼東西殺死的？」他哭著大喊，「為什麼眼鏡上會有他的腦漿？為什麼啊?!他的屍體在哪裡?!」

看著這個再次尋來的小孩子，朱炎有點淡淡的無奈。居然能自行尋找到這裡，果然是有很強的天賦……但在這時代是不被需要的才能，只會給自己帶來麻煩而已。

「沒有屍體。因為被吃光了。」朱炎平靜的說，「這時代的非人學聰明了，都潛伏在人群中。也不會製造什麼血案……因為太麻煩了，他們現在也懂得隱密。」

「……妖怪嗎？是妖怪嗎？回答我啊！」

「沒有調查之前我也不清楚。」她挪了挪脖子上的鐵項圈，「除非你跟我成立臨時契約，委託我搜查與執法，不然我什麼也辦不到。而且……你最好想清楚，臨時契約的代價很高，需要你五年的壽命。況且，就算執法了又怎麼樣？你哥哥已經不會回來了。」

「沒關係。」達信低著頭說。

小孩子真是說不通。「你大概覺得死是很久以後的事情吧？別傻了。棺材是裝死人的，不是裝老人的。我並不知道你的壽命幾何……說不定取完代價你就死了……因為你永遠不知道自己還能活多久。」

「沒關係！」達信抬頭，全身都在發抖，「哥哥！哥哥跟我不一樣！他一直很乖很愛看書！我以為我討厭他其實我根本就不！雖然爸媽的確比較疼他，他不見了爸媽都不笑了……可是我沒有討厭啊真的！我不能原諒那個殺掉我哥哥的傢伙！一定很痛吧，哥哥……哇～死的是我就好了！為什麼我不跟你一起回家……為什麼我跑去打躲避球……」

「……我知道了。」朱炎的方向飄出一張符，「在背面簽下你的名字。」

達信笨拙的在符上寫下自己名字，寫完的瞬間就風化殆盡了。

半透明並且縹緲的朱炎卻漸漸的實體化，用手碰了碰達信的額頭。有觸感，他微微吃驚，跟人一樣，而且有體溫。

「現在，我暫時是你的護法了。」朱炎笑笑，「直到執法完成為止。」一定聽不懂吧？沒辦法。畢竟是個小孩子，將來長大應該也會懊悔……五年的壽命欸，為了毫無意義的復仇。

但她現在的狀況非常特殊，人類不獻祭壽命，她就沒有現形的能力，更遑論其他。雖然說，現形後的她，比凡人的實力也強不到哪去。

可許多手段，也只有現形後才能辦到。

比方說，調查之後的執法。

調查之後，果然不是妖族下的手啊……妖族和人類共生的歷史長了，很早就揚棄吃人這種吸收率太低的野蠻習慣。他們比較喜歡用吸收精氣的方法，也很謹慎的不在同個對象採擷太多次。

出人命總是難以收拾的。反正人類互相殘殺的機會很多，在戰場上吸取人類精氣不是比較快？而且不會有任何人干涉。沒有戰爭也會有爭鬥，再不然也有謀殺案，不用弄髒自己的手，也不會惹來除妖者之類的報復。

狡猾的妖族雖然自私自利，最少是懂規矩的……近兩百多年來是這樣。真的不懂規矩，恣意妄為的，只有從天界或魔界私逃來觀光的傻瓜。

魔界來的傻瓜，多少還會有人借助她的力量。但連聽都沒有聽說過……應該是天界來的傻瓜吧？

盯梢了幾天，果然。還是身分挺高的傻瓜……他老爹還盤在雲霄寶殿當守衛呢。堂堂盤柱玉龍之子，居然偷跑來人間，食人為樂。

該說不意外嗎？玉龍四子就不是什麼好東西，在天界為所欲為，暗殺了幾個仙官和侍女……動機只是為了好玩。

「那個，你是玉龍七子還是八子？」朱炎開口，把那個長得漂亮的男人嚇了一大跳，「你家四哥好歹還是找天人動手，你……弱到要找凡人下手？」

「……朱炎！」那男人咬牙切齒，又復獰笑，「現在妳又能拿我怎麼樣？正好讓妳魂飛魄散！記住了，吾乃玉龍家七爺……」

「行了，不用告訴我名字，我又沒打算幫你起墳。」朱炎淡淡的打斷他，「算孽緣嗎？我親斬了你家老四，現在又得斬了你。」

「妳一個剮體被貶的孤魂野鬼能怎麼樣?!」玉龍老七咆哮，恢復真身，同時捲起狂風暴雨。

「也對。我現在就比凡人強一點兒。」朱炎漠然的抹去臉上的雨水，「可凡人沒讓你們這些強大的傢伙滅種了，一定是有緣故的。」

巨大的龍張開血盆大口，重重的咬合，朱炎被咬成兩半……卻沒有半滴血，只有淡淡的墨味。

式紙?!

「難怪你要來人間。」抓著龍角的朱炎輕輕搖頭，本來只有刀柄，刃身如植物般抽芽、茁壯，像是一把巨大的柴刀，抵著龍首，「出身名門卻就這點本事。想來在天界混不下去吧？」

她幾時繞到脖子後面？什麼時候？是什麼時候？

「玉龍家七少，你來人間，食人二十有八，依天律當斬。」朱炎微微的彎起嘴角，將調查文書掛在他角上，「罪證確鑿，我已查明。有什麼遺言嗎？」

「妳不能斬我！」玉龍家老七嚇得不敢動，「妳已經不是清風司執法仙官了！難道妳就沒想過，為什麼會被剮體貶入人間變成被人驅使的護法嗎?!妳就是太不識時務！……」

「我知道。」朱炎的笑意更深了一點兒，「我斬了太多權貴的親戚或家臣，連那頭白牛都是我斬的。執法仙官不就是幹這個？我做了我該做的事。」

「妳已經不是……」

「唔，可我是人斬官的護法，可代行天律。」朱炎淡然，「有話捧著文書去跟冥府爭辯吧。」

她揮刀，斬下了龍首。

雖然說，那個欽定的人斬官早就跑去修羅道了，害她現在的處境很尷尬。原本她的身分就是剮去仙體的罪魂，被提調為人斬官的護法。但那個性格扭曲個性惡劣的人斬官，嫌天上人間都太沒意思，跑去歸化成修羅了……

但他既然還沒死，朱炎就依舊是他的護法——就算只能留在人間，跟不去修羅道。所謂的人斬官，就是天界預定在人間執行天律的人類。但這個選擇標準實在是莫名其妙，或許可以說是所託非人吧……

而且已經離譜到破碎虛空的地步了。

更慘的是，這個歪斜到自墮修羅道的人斬官，臨去前斬斷了朱炎的鎖鏈，卻沒有放她回天繼續服刑，反而用一種詭異的規則給予和限制。

賦予她依天律代行人斬的權力，但必須用一種可疑的儀式和奪取人類壽命的代價才能現形。

……前幾任人斬官都出類拔萃，大公無私，譬如唐朝名臣魏徵。到底是基於什麼標準選擇了影平呢？

她剛被提調，和影平初見面時，一般來說，對於原仙官人類會有一定程度的敬意……影平卻把代表契約的禁符變成鐵項圈，銬在她脖子上，然後說，「從今天起，我就是妳的主人……跪下舔我的鞋子！」

其實朱炎沒有生氣。只是覺得跟這位人斬官應該相處不來，所以拔出柴刀抵著影平的脖子，理智冷靜的請求他解約，另外提調其他護法。

「……不，個性強硬點調教起來才有趣。」影平邪惡的笑，一點也不把她的威脅放在眼底。

「閣下，除了人斬官護法外的冗務，都與我無關。」朱炎淡淡的回答。

總之，影平應該感到非常挫敗，臨走前還遺憾的說，沒能調教朱炎是在人世唯一的遺憾。

雖然現在的處境很尷尬，但不用跟影平無聊的鬥智鬥力，也算是好事吧。

形體開始變淡了。那個臨時的契約主大約已經知道仇恨了結了。她回到梔子花下的孤墳，闔上眼睛。

倒是沒想到那個小孩子又跑來，還帶了一包洋芋片和三柱香來祭拜她。

「……就算帶供品來，你的五年壽命已經被我消耗掉了，也沒辦法還你。」朱炎詫異。

「我不是後悔……怎麼說，哈哈，」達信搔了搔頭，「殺掉凶手，也沒改變什麼……我還以為我會很高興。」他低頭了一會兒，眼角含淚的微笑，「可、可是，終於阻止他了，對吧？以後不會出現……和我哥哥一樣的人，也不會像我爸爸媽媽那麼……傷心。」

沒錯。總是要有人來阻止的。這就是為什麼她不畏權貴，徹底貫徹執法仙官職責，直到下獄被剮還是沒有懊悔，同樣的心情。

「抱歉害你少活五年……並且，謝謝。」朱炎真正的笑了。

「是、是我要說謝謝吧？」達信摸不著頭緒，「為什麼要跟我道謝……」

「因為你讓我維護了，執法者的尊嚴。」

……這時候的朱炎，看起來真帥！就算是半透明又沒啥表情，還是帥呆了！

「洋芋片，吃嗎？妳能吃嗎？」達信激動了，「妳還喜歡吃什麼？」

「……供品我可以嚐嚐味道，不過不用費心了。」

「朱炎，妳那把大刀叫什麼名字，是不是斬魄刀？」

「……那只是我用慣的柴刀。砍柴用的那種……只是大了點，既不是斬魄刀，我也不會卍解。」

「妳連卍解都知道！妳看漫畫嗎？看嗎看嗎？」

「…………」她覺得不太好解釋，以前一個臨時契約主常拿漫畫週刊當供品，無聊時會翻翻，太羞人的消遣，只好保持沉默。

在達信喋喋不休的詢問中，她鬱鬱的撿起一片洋芋片，咬了一口。
比較起來，執法砍人比較輕鬆。

之二　彼昔

弦撥三兩聲，不成調。

這是某個供主送的琵琶，特別燒給她的。修道人總有些門門道道，但除了修煉這些沒什麼用的歲月，坦白說打個架都有點問題。

她其實很少接凡人的委託，因為那是實打實的減損壽命。修道人比較韌，通常五年壽算對他們來講不痛不癢，潛修幾年又回來了。

但朱炎卻總是淡淡的，不怎麼理會這些修道人。

記得嗎？她是人斬官護法，奉命代行天律。跟誰混再熟，萬一犯到她手底，還是免不了那一刀。她不講人情不徇私，指望她會網開一面是不可能的。

她會收這把琵琶，還是看在那個修道人大限將至，不忍拂了他最後心意。

其實她對這些風花雪月的東西不太擅長，只會幾個小調，指法也很艱澀。但在飄蕩著濃郁梔子花的夜裡，飄渺的小調就顯得很適合。

不過這些小調，並不是用琵琶彈的。在這個時代，應該也沒有人聽過。已經是很遠久的事情了……那時她還很小，五歲還六歲，剛讓師父從死人堆裡拖出來，聽師父用琴彈著悲涼的調子，聽熟了耳朵而已。

五歲之前的記憶完全遺忘，在那個年代，戰亂紛擾，趙匡胤的陳橋兵變還是十年後的事情。什麼叫做十室九空，什麼叫做杳無人煙，她都親眼見證過了。

荒草埋枯骨，孤墳鬼唱詩。空氣總是瀰漫血腥的氣味，永遠都不會散。

在這種死人比活人多、人類互相殘殺的時代，邪祟橫行，異常猖獗。她的師父一直沒有說過自己的由來，只是沉默的誅妖驅邪，從一地浪游到另一地，帶著她。

朱炎會拿起柴刀，隨著師父以殺戮護蒼生，似乎也不是什麼奇怪的事情。

後來趙匡胤當了皇帝，妖魔橫行的狀態並沒有改善太多。戰亂一直都沒怎麼停止，橫亙整個北宋，她劬勞過甚的師父終於倒下，只是瞅著她，沒有給她一句遺言，就闔目長逝。

她並沒有浪費太多時間在流淚上，將師父安葬之後，繼續斬妖除魔。南宋維持了一百多年吧……但她很少南下，通常都在北地。

戰禍太烈，死人的冤與恨會呼喚更多的妖魔鬼怪。人間的人們可以選擇自相殘殺，但她是師父的徒兒，唯一的徒兒。她的師父為了讓人們的血脈延續下去，將自己的命都給交代了。作為徒兒的她，也就得跟她師父相同才行。

為什麼她會活過了整個南北宋，面容維持著少女模樣，她自己也納悶。之後身不由己的成仙，她更不明白了，而且還不由得她拒絕。

後來她被提升為清風司執法仙官，明白自己的職責所在，她一直想離開的心才安定下來。

她過去如此，現在依舊如此。一樣忠於自己的職守，不違背師父的教誨與道，她唯一知道的生活準則與方式。

即使被誣陷而下獄剮去仙體，她也沒有懊悔。當然，她也想過，說不定有其他的生活方式，拋棄這種執拗的信仰……但在冰冷的天牢裡，她想了又想，發現拋棄信仰和職責，她就不值得存在了。

她不懂得其他生活方式，也沒有興趣沾染紅塵。

會做的，想做的，就是成為一個執法者，然後維繫住這種尊嚴。

撥弦三兩聲，指法漸漸純熟。

刀傷似的弦月默默的注視著半頹的孤墳，將她懷裡琵琶的弦，照得格外晶亮。

之三　狷介

隨夜風飄落的梔子花瓣，撒在半頹孤墳上，縹緲的孤魂輪指，伴隨著頸項半截的鐵鍊琳琅，吟著淒涼。

但她的表情是平靜的，甚至有些冷酷的漠然。像是什麼都不能改變她，即使仙體遭受過千刀萬剮之苦。

抬頭望月，她的長馬尾隨之飄蕩。

原本應該是個寂靜的殘月之夜，應該。

但她想也沒想就抽刀往背，和修羅的劍猛然交會，錚然燦出光亮火星。

漸漸肉其孤魂，她又短暫的恢復人身，狂笑的修羅再次揮下比人還高的巨劍，被朱炎的柴刀拍偏了，他卻使力重壓刀背，飛快的滑到護手處，劍尖幾乎刺到朱炎的眼睛。

「連主人都不會叫了？下僕？」影平絲滑如綢緞的嗓音，卻帶著強烈而永不饜足的惡意，「學會怎麼舔鞋子了嗎？」

朱炎只淡淡的看他一眼，猛然棄刀，如鬼似魅的側面飄滑，刀未落地，她已經用一種接近不可思議的柔軟角度下腰，取回自己的刀，並且借著影平巨劍的蠻力，向後翻飛出去。

衣袂飄舉，這個男裝麗人，用完全屬於人類的武藝，和一個赫赫有名的修羅打了個勢均力敵。

「不愧是，我看上的奴隸。」影平低低的笑，眼神清明而瘋狂，「越強硬才越有調教的樂趣！」

「人斬官，我只是你的護法。」朱炎淡淡的，厭倦的說，「我並沒有讓你獲得樂趣的職責。」

其實她很明白，影平根本就會聽而不聞，這或許就是人類所謂的……職業病？執法前需先宣告。

她一直改不掉，也不想改。

輕鬆的舉起巨大的柴刀，柔纏的借力打力，帶偏猛烈的巨劍，她手一晃，五指如蘭，卻異常凶狠的直取影平的顏面，影平飛快的一閃，卻讓朱炎如蘭玉手刨去了肩上一層血肉。

要知道，雖然他沒有用修羅的修為對戰，但修羅的血肉宛如金剛鑽，不是那麼容易傷害的。

影平敏捷的踹向朱炎，方位太刁鑽，朱炎只能側了側，讓出非要害承受了這一腳，往後踉蹌了兩步，卻俐落得迴刀，用刀背拍在影平脖子上，淡淡的說，「著。」

影平雖然個性和心理有重大的毛病，但她也沒打算真的弒了自己長官。

可惜她這個長官就是個死皮賴臉兼死纏爛打的料，她終於動了真怒。

影平的霹靂一擊只擦傷了她的頸旁，朱炎已經將影平按倒，柴刀尖刺在他的胸口。

「嘖嘖，果然是劍仙出身。」影平喘著，露出很無賴的笑，「情趣嘛，我懂。偶爾被逆推也是應該的……」

朱炎面無表情的將柴刀送深一點，「人斬官，我對你的要害……尤其是心臟，很熟。」

是啊，果然很熟。現在距離他的心臟只有一兩根頭髮的距離。

影平棄劍，「今天不是調教的好日子。」

在影平齜牙咧嘴的療傷時，朱炎只是拍了拍身上的塵土，飄蕩在孤墳之上，任由傷口流淌著血，點點滴滴。

這個人身、是虛幻的。受傷流血，也是虛幻的。只是影平惡劣的興趣而已。

「來作什麼？」朱炎淡淡的問，「當心上面派人來問罪。」

「哦？他們天條翻完了？找到能定的罪名了麼？」他聳肩，「朱炎，妳知道我也知道，上面的說不定還挺高興。對其他道和界有交代了，他們特派了人斬官呢。只是這個人斬官自甘墮落成了修羅，但天律又找不到相對應的法條懲處……」

朱炎打斷他，「這個我們談過了。惡法亦法。」

以前她這樣回答，影平都會暴跳，這回卻撫著下巴，嘿嘿的笑。「既然惡法亦法，那個把冥府整得灰頭土臉的小姑娘怎麼說？朱炎啊朱炎，別假了……」

「花枝由她所摘，我無權阻止。枝枒由她所扦插成活，我亦無權過問。冥府違法犯例還拿不下她與她的護法，應該是冥府自身當被追究，更與我無關。」

「……哼。」影平意外的沒有追問，只是眼神悠然，甚至有些空洞，「一個沒有天賦的凡人小女孩，倒作成了我當初想為而不敢為，只能轉身一走了之的大事。」

原來如此。

她一直在猜影平歸化修羅的原因，沒想到……這個變態也有像人的部分。

講關係，說人情，明威暗嚇，人斬官形同虛設。惡法累累，面對因循苟且得過且過的官僚體系，這個暴躁的變態忍受不了，乾脆墮落成修羅，求一個痛快。

這些，其實，她都明白。

只是有些事總需要有人做，既然連剮了仙體都不畏懼，那她還是要繼續執法，用她的方式。

「冥府曾經來過，要求執法。」朱炎淡淡的說。

影平虎然逼視她。

「但我只是人斬官護法，即使冥府願意支付壽命……可她已是自然子民，不再是人類，已然脫離人斬官職責之外……如有話說，請直接找人斬官。」

影平神情放鬆下來，異常驕傲，「我就說了，我的奴隸向來調教得很好。」

朱炎根本沒理他，只是抱著膝望月。

當初真不該讓他澆第一瓢水。不然那女孩的護法不會凶暴到變態的程度。

她輕輕舒了一口氣。擺在孤墳旁的琵琶，因風兩三響，異常悅耳。

作者的話

寫完了《深院月》，我並沒有吐血三升。（鄭重聲明）

至於我的身體狀況……算了，這個不要提了，老生常談，讀者不煩我都煩了。

總之，半夏寫得這麼慢，其實就是我有點害怕了。我對寫作這件事……真的有點怕了。

我不得安寧，身心都沒辦法平靜。我安眠藥吃得很重，但我在寫作期間，安眠藥幾乎是無效的。

我可以逃，卻躲不了。

所以寫完《深院月》，我想辦法逃避了一陣子，我只是……想要一點安寧。所以荒廢了很久，實在很抱歉。

坦白說，我也不覺得《半夏玉荷》寫得好。我會把她撿起來設法完成，其實只是一種長久以來不滿的爆發。

一種……不吐不快。

民俗說的「冤親債主」和「抓交替」，簡直是莫名其妙到極點。甚至只是不小心瞥了一眼，或者只是純粹的倒楣，毫無因果的就會被跟被纏……

我對這種仇視生命的死者有著強烈的鄙視。

對「因果報應」這種說法更有極度的不滿和質疑。為什麼這輩子的不幸，會是毫無記憶的前世罪孽所致？既然「今日事今日畢」，難道所謂的「天」，不知道該「當世罪當世了」？為什麼會有「禍延子孫」這種事情？

其實我最不能容忍的是圍觀群眾那些冷言冷語，什麼一定是前世不修，所以這世來償還之類……

完全，不知所謂。

這世間，有很多不公平。有很多法律有漏洞，形成所謂的「惡法」。是的，惡法亦法。但我覺得應該是想辦法完善修補，不是逼人吞下去。

我寫了〈朱炎〉的開頭，卻沒辦法寫結尾。我知道一定是有個遺失的環節還存在，所以一直暫時擱置，直到《半夏玉荷》的出現。

是的，我承認。這是一部很陰鬱的小說，所有的氛圍幾乎都導向一種絕望。而我類似的題材實在已經寫得很不少了，這不是一部很特別的小說。

我相信，一定有很多人會拿來跟《荒厄》比，甚至跟《上邪》比。但是很抱歉，裡頭的愛情成分真是稀薄得可憐，我還用最難俯瞰全觀的第一人稱。

甚至，強烈仇視死者也和我之前的主張相矛盾……我明白。

但世界不是只有好的，可也存在一些壞的。

其實這些一直都是醞釀壓抑著。為了一些傳說的莫須有而義憤填膺，真的非常神經。所以有時在留言看到那種「因果報應」的言論，我都咬牙快快翻頁，忽視該讀者的任何一個字。

我應該忍。每個人有每個人的環境和言論自由，我該忍。

結果爆炸的點很好笑……我回魔獸世界了，為了硬把自己從寫作的暴君拖出來，我想做些什麼好讓自己逃離一時。

然後我看到部落陣營的首領之一，黑暗女王希瓦娜斯毀滅了吉爾尼斯，把南海鎮徹底破壞，完全只剩下瘟疫，並且將死人轉化成被遺忘者。

我看到……一個，自己慘不甘願，要把全世界拖下來一起慘。自己死了太不公平，全世界都是活死人就公平了。

我告訴自己，這不過是劇情，遊戲的劇情。但我在相關論壇看到支持希瓦娜斯言論的狂熱者……

我的天。你們真的知道自己在說什麼和想什麼嗎？你們在支持一個……忘記自己曾經是活人，明明成為死者非常痛苦，卻希望所有人跟她一樣痛苦的混帳。

炸在這種可笑的點，我都覺得自己幼稚又白痴。

但不寫出來，我真的快噎死了。

坦白說，我很喜歡人類，和我身為人類的一切。我擁有七情六慾，我知道痛苦的深度……或說痛苦的深淵。

就是知道痛苦，所以更不希望別人也痛苦，我曾經以為「感同身受」是人類本能。

所以我很任性的寫了這部小說，重複許多我過往創意和配對的小說，把我的不滿都宣洩掉。

我對現實毫無辦法，只能夠在虛擬裡找補。

最少這樣發完脾氣後，我平靜很多。

或許以後我的作品會少很多……被暴君統治這麼多年，我終於意識到我老了、疲憊了。

也許我該好好想一想，沉澱一下。我是該往前設法走下去，還是止步於這個程度。

坦白說，我還不知道。

我有很多故事想講，很多很多。但這些故事……卻沒辦法脫離我固有的窠臼。這樣，我該寫嗎？

誰也不能給我答案。

我想我會繼續深思。

蝴蝶 2013/12/12

國家圖書館出版品預行編目資料

半夏玉荷 / 蝴蝶Seba著. -- 初版.
-- 新北市 : 雅書堂文化, 2014.08
面； 公分. --（蝴蝶館；65）
ISBN 978-986-302-195-7（平裝）

857.7　　103013385

蝴蝶館 65

半夏玉荷

作　　者／蝴　蝶
發 行 人／詹慶和
總 編 輯／蔡麗玲
執行編輯／蔡毓玲
編　　輯／劉蕙寧・黃璟安・陳姿伶・李佳穎・白宜平
植物圖鑑・解說／陳坤燦
封面繪圖／雪歌草
執行美編／陳麗娜
美術編輯／周盈汝・李盈儀

出版者／雅書堂文化事業有限公司
郵政劃撥帳號／18225950
戶名／雅書堂文化事業有限公司
地址／新北市板橋區板新路206號3樓
電子信箱／elegant.books@msa.hinet.net
電話／（02）8952-4078
傳真／（02）8952-4084

2014年8月初版一刷　定價240元

總經銷／朝日文化事業有限公司
進退貨地址／新北市中和區橋安街15巷1號7樓
電話／（02）2249-7714　傳真／（02）2249-8715

Seba · 蝴蝶

Seba・蝴蝶

Seba・蝴蝶

Seba・蝴蝶